으르

나의 먹이

들개이빨

팍팍한 세상에서 나를 지키는 간소한 먹거리 생활

콜라주

셀 수 없이 많은 이들이
자신의 멋짐을 크게 떠드는 이 세상에서
죽지 않고 오래 살아남으려면,
역시 꿔보다.

차
례

시작

『먹는 존재』라는 음식 만화를 그렸습니다. 그 작품 덕분에 예상 밖의 돈과 명예를 얻었습니다. 기적이었습니다. 그런데 객관적으로 보면 다소 애매한 규모의 기적이었습니다. 팔자를 고칠 만큼 막대한 돈을 벌어들였다거나 너무 찬란해서 눈도 못 뜰 지경의 명예를 얻은 건 아니었습니다. 말하자면 밥집을 차렸는데 3년 내내 파리만 날리다가 4년 차에 겨우 먹고살 만큼의 손님이 들어오게 된 상황과 비슷했습니다.

비눗방울 같은 기쁨과 흥분 그리고 돌덩이 같은 근심과 불안이 하루에도 몇 번씩 번갈아가며 마음을 어지럽혔습니다. 다행이다. 이제 살았다. 여기서 더 열심히 노력하면 돈도 많이 벌고 유명해지고 하고 싶은 거 다 해보고 멋지게 살 수 있겠지. 이런 희망찬 의욕이 솟구치다가도, 갑자기 두렵고 우울하고 불안해져 모든 걸 팽개치고 달아나고만 싶어졌습니다. 『먹는 존재』의 성공에 내 인생의 운을

몽땅 써버린 것 같다. 이제 그보다 더 나은 물건은 못 뽑아
낸다. 앞으로 나를 기다리는 유일한 이벤트는 작품 하나만
반짝 남기고 사라진 작가들의 공동묘지에 파묻히는 일뿐
이다. 기쁨은 어느새 흔적도 없이 사라지고, 절망의 산사
태가 온 마음을 덮쳐버렸습니다.

그 와중에 유명인들이 모이는 자리에 초대를 받았습니다.
실제로 만나본 유명인들은 의외로 나와 다를 것 없는 평
범한 사람이더라, 라는 판에 박힌 반전이 펼쳐질 줄 알았
습니다. 조금은 그러기를 바랐던 것도 같습니다. 하지만
아니더군요. 달라도 뭔가 달랐습니다. 좌중을 자지러지게
하는 재치의 소유자거나, 사람을 기분 좋고 편안하게 하
는 '아우라'를 발산하거나, 문화 콘텐츠 전반에 대한 방대
하고 탁월한 식견을 갖췄거나, 엄청나게 성실한 의지의 화
신이거나, 잘생겼거나. 뭐 하나라도 반드시 비범한 인간들

이었습니다. 그들의 매력에 빠져 꿈인지 생신지 모르고 허
우적대던 저는 시간이 갈수록 목이 타들어갔습니다.

그 자리에서 뭐 하나 내세울 게 없었습니다. 만화가란 일
단 밝히는 순간 사람들의 흥미를 반짝 끄는 직업이긴 하
지만, 늘 그다음이 좀 뻘쭘합니다. 머릿속에는 입 밖에 내
면 분위기 싸해질 게 뻔한 쓰레기 같은 공상뿐이고, 그렇
다고 누가 부탁하지도 않았는데 휴지나 식탁보 같은 데다
그림을 막 그려 보이는 것도 이상하지 않습니까? 사실 그
려달라고 하면 그건 그것대로 곤란합니다. 그림에 자신이
없거든요. 저는 놀이공원에서 초상화를 그려주는 아르바
이트를 하다가 실수로 고객의 손가락을 일곱 개나 그려서
하루 만에 해고된 적이 있습니다.

아이고. 멋쟁이로 가득한 이 살벌한 사교의 정글에서 말
못 하고 그림 못 그리는 만화가는 어쩌면 좋을까요. 결국
저는 웃고 박수 치고 "와~ 정말요?"만 하릴없이 반복하는

방청객이 되었고, 그 기계적인 반복조차 점점 뜸해져 존재
감이 희미해지다가, 모임이 마무리될 쯤에는 완벽한 '꿔다
놓은 보릿자루'가 되었습니다.

작별 인사를 나눌 때 제 맞은편에 앉아 있던 재치의 소유
자가 외쳤습니다. "조만간 대게 선물이 들어올 예정인데,
그때 또 다 같이 모여서 먹어요!" 함께 환호하고 헤어졌습
니다. 그 대게 파티의 약속은 제 가슴에 고뇌의 폭풍이 되
었습니다. 혹시 그 '다 같이'에 나도 포함되는 건가? 아닌
가? 아까 "먹어요!" 할 때 내 시선을 슬쩍 피한 것 같은
데, 기분 탓인가? 제발 포함됐음 좋겠는데, 그럼 또 보릿자
루가 되겠지? 어떡하지?? 호호깔깔 유머집을 외워 가거나
초상화 그려주기 이벤트라도 준비해야 하나? 그러다 또
손가락 일곱 개를 그리면 어쩌지? 와 돌아버리겠네?!? 안
가면 안 되나??!! 아니, 그래도 인맥을 쌓으려면 꾹 참고
가야 하지 않을까!!?!!

그로부터 대략 열흘 뒤, 재치의 소유자 인스타그램에 집게발과 게딱지를 들고 환하게 웃는 멋쟁이들의 사진이 올라왔습니다. 제 고뇌의 폭풍은 뻘쭘하게 흩어졌습니다.

어디다 내놓기도 민망한 이유로 제가 속을 끓이는 동안, 웹툰 시장은 폭발적으로 성장했습니다. 떼부자가 되고 예능에 출연하고 해외에까지 이름을 날리는 웹툰 작가의 기사가 연일 검색 포털의 좋은 자리를 떡하니 차지했습니다. 만화로 밥벌이를 하고는 있으나 떼부자의 근처에도 가보지 못했고 해외는커녕 동네 사람들의 99.9퍼센트가 제 존재를 모르며 웹툰 작가라는 어감조차 너무 싫어 사실상 사어死語에 가까워진 용어인 '만화가'를 꿋꿋이 고집하는, 심지어 아직도 종이에 연필로 만화를 그리는 저는, 그런 기사를 볼 때마다 등줄기가 싸해졌습니다.

어리고 야심 찬 동종업계 종사자들의 눈부신 성공담은 곧

나의 퇴물 됨에 대한 선고문과도 같았습니다. 다급한 마음에 나름 애를 써서 이것저것 그려보았지만, 모든 연재처에서 거절당했습니다. 미칠 듯한 위기감에 히트한 웹툰들을 찾아보다가, 그만 찾아보기로 했습니다. 어쩜 그렇게 하나같이 흥미진진하고 그림도 예쁘던지. 이런 작품을 만들려면 죽도록 노력하거나 다시 태어나는 수밖에 없었습니다.

하지만 아무것도 하지 않았습니다. 뼈를 깎는 노력도 환생도 다 귀찮았습니다. 저는 늘 그랬듯 이도저도 아닌 저로서 그냥 가만히 누워, 늘어진 빤스처럼 지긋지긋하게 익숙한 허송세월을 반복했습니다. 2018년, 2019년, 2020년… 서서히 수입이 줄어들었고 얼마 남지 않은 일감은 언제 끊길지 모를 상황이 되었습니다. 기약 없는 보릿고개가 찾아온 것입니다.

먹고살 방법을 고민하고 또 고민했습니다. 좌절의 연속. 뭐

하나 쉬운 일이 없었습니다. 아아, 꿔다 놓은 보릿자루로
파티장에 가만히 앉아 있는 것이 얼마나 복에 겨운 상태
였는지를, 그제야 겨우 깨달았습니다.

그런데 말 나온 김에, 꿔다 놓은 보릿자루는 도대체 뭐가
문젭니까? 전부터 계속 신경이 쓰여서요. 보리가 얼마나
훌륭한 식량입니까? 꽁보리밥 좋잖아요? 보리차 맛있지
않습니까? 무려 맥주의 원료입니다? 업고 다녀도 모자랄
보릿자루가 무엇 때문에 말 한마디 못 하는 한심하고 답
답한 인간의 대명사 취급을 받게 된 겁니까?

밥벌이 고민은 고민이고 궁금한 건 궁금한 거라, 그 유래
를 한번 찾아봤습니다.

연산군의 폭정을 보다 못한 신하들이 누군가의 집에
모여 몰래 역모를 꾸미다가, 방구석에서 말없이 듣고
만 있는 낯선 이를 뒤늦게 발견하고 기절초풍했다. 알

고 보니 그것은 집주인이 옆집에서 꿔다 놓은 보릿자루로, 누가 그 위에 갓과 도포를 얹어놓는 바람에 다들 그것을 염탐꾼으로 착각하고 놀란 것이었다.

뿜었습니다. 와 세상에, 처음 알았어요. 목숨 걸고 나라를 뒤집으려는 이들이 갓 쓰고 도포 걸친 보릿자루를 보고 어이씨 깜짝이야! 하고 놀라 자빠지는 장면이라니. 제 심장이 다 쫄리는 동시에 웃겨 죽는 줄 알았습니다.

제가 역모 멤버였으면 라디오 〈두시탈출 컬투쇼〉에 사연을 썼겠어요. 갓과 도포를 엉성하게 걸친 채로 찌글찌글 주저앉은 보릿자루, 본의 아니게 모두를 뒤집어놓으셨다! 멋지지 않습니까? 모임에만 나갔다 하면 꿔다 놓은 보릿자루로 변신하는 저까지 없던 자부심이 생길 판입니다.

순간, 장래희망을 꿔다 놓은 보릿자루로 삼는 건 어떨까 하는 생각이 들었습니다. 언뜻 스쳐 지나가는 장난 같은 생각이었지만 곱씹을수록 이거다 싶었습니다. 줄임말도 귀여워요.

　　꿔보.

어차피 남은 인생 대부분을 싫어도 꿔보로 살게 생겼습니다. 멋쟁이들이 그 어느 때보다도 살판난 이 세상에서, 어떻게 꿔보의 숙명을 피할 수 있겠습니까. 전 세계의 뛰어난 두뇌들은 첨단 기술을 총동원해서 자신들의 머릿속 세계를 하나라도 더 현실로 끄집어내려고 미쳐 날뛰고, 매력적인 육체들은 자신들의 복제된 이미지로 온 세상을 도배하고, 저같이 게으른 대충이들은 그들이 짜놓은 판에서 닥치고 휩쓸려 다닐 뿐. 허둥지둥 구독료를 바치고 동태눈깔로 광고를 클릭하면서요.
너무 부럽고 열 받지만, 뭐 어쩌겠습니까. 누차 말했듯 저는 이럴 때 늘 화내고 질투만 했지 원하는 걸 얻기 위한 노력은 하지 않았고, 그 결과 몸과 마음 이곳저곳에 병이 났습니다.

오랫동안 누워서 생각했습니다. 셀 수 없이 많은 이들이 자신의 멋짐을 크게 떠드는 이 세상에서 죽지 않고 오래 살아남으려면, 역시 꿔보다. 상대적 박탈감으로 몸과 마음을 축내지 않고 지갑을 지키는 최적의 생존 전략으로 그만한 게 없다.

욕구의 스위치를 꺼버리고 그냥 그 자리에 가만히 있기. 모두가 나를 돌아보고 흠칫 놀라는 그날을 기다리며.

관건은 구석에 처박혀 있는 동안 죽지 않고 버티는 것.

그러려면 좋은 먹이를
싸게 확보해야 합니다.

꿔보
테스트

○ 집에서 일한다.

○ 열흘 이상 외출하지 않아도 괜찮다.

○ 공간의 중앙보다는 구석이 좋다.

○ 먼저 대화를 시작하지 않는다.

○ 남들에게 자신을 소개하기가 어렵다.

○ 주변 사람들을 잘 무시하거나 잊어버린다.

○ 주변 사람들이 나를 잘 무시하거나 잊어버린다.

○ 욕구를 충족하려고 노력하기보다 억누르는 게 편하다.

○ 필요 이상의 돈을 쓰면 불안해진다.

○ 단체밥보다 혼밥이 좋다.

○ 건강한 식습관에 관심이 많다.

○ 배가 부른 것보다는 배가 고픈 게 편하다.

○ 한 음식을 열흘 이상 먹을 수 있다.

○ 맛없는 음식도 남김없이 먹는다.

○ 마트 전단지의 저렴한 농산물은 따로 체크해둔다.

○ 먹방에 나온 음식을 충동적으로 주문하지 않는다.

○ 식당에서 남긴 음식은 가능한 한 포장해 온다.

○ 한 끼 식사에 지불할 수 있는 금액의 상한선은
   9,900원이다.

궤보의 道

1. 남에게 신경 끈다.
2. 나 자신에게도 신경 끈다.
3. 열심히 일하되 힘들면 때려치운다.
4. 죽지 않을 만큼만 돈을 쓴다.
5. 가공의 맛을 멀리한다.

채소

가늘고 길게 생존하고자 하는 야심 찬 꿔보는 필히 채소
와 친해져야 합니다. 저렴합니다. 칼로리가 낮습니다. 비타
민, 미네랄, 식이섬유가 풍부합니다. 지속 가능한 저전력
의 삶에 완벽히 부합하는 식량입니다. 많이 먹읍시다.

여기서 제가 말하는 채소는 동네 마트나 시장에서 흔히
볼 수 있는 녹색 잎과 버섯을 뜻합니다(버섯은 동물도 식물
도 아닌 균류지만 말 없고 움직이질 않으니 일단 식물 친구라 해
둡시다). 같은 채소라도 종류와 판매처에 따라 상태가 천
차만별입니다. 뿌리와 열매로 가면 맛있어지고, 열량이 높
아지고, 놀랍도록 비싸집니다. 고구마·연근·사과·포도, 이
런 건 벌써 집어 들 때의 마음가짐이 잎채소와 달라지죠.
긴장이 빡 됩니다.

쇼핑의 무대를 대형마트나 백화점 식품관으로 옮긴다? 그
러면 식재료의 장르가 생필품이 아닌 사치품으로 둔갑합
니다. 일전에 저는 강남의 한 프리미엄 푸드 마켓을 구경

하다가 수박의 가격표를 보고 기겁했습니다. 50만 원! 다리에 힘이 풀려 수박 위에 주저앉을 뻔했죠. 그런 해괴한 물건은 꿔보의 고려 대상이 아닙니다. 무시합시다.

확실히 잎채소는 단위 무게당 값이 가장 낮은 축에 속하는 식재료지만, 만약 당신을 아끼는 사람 중에 산촌에 사는 농부가 있다면 그에 대한 지출마저 대폭 줄일 수 있습니다. 겪어봐서 압니다. '도서산간지역 배송비 추가'에 등장하는 바로 그 산간지역에 저의 부모님이 삽니다. 매번 놀랍니다. 집 근처 산천초목의 20분의 1 정도가 식용인 듯한데, 그 양이 엄청납니다. 아무리 조심해도 정신을 차려보면 저는 늘 먹을 걸 밟고 있습니다. "너 지금 O나물 밟았다!" "아, 그거 X나물인데 또 밟았네!" 어딜 디뎌도 이런 지적을 피할 수 없는 곳입니다.

제가 밟고 다닌 수많은 풀들은 종종 집채만 한 아이스박스에 담겨 도시의 제 집 앞에 배송됩니다. 조금만 보내라고 애걸복걸해도 소용없습니다. 농부는 손이 큽니다. 특히 채소 식재료는 최소 단위가 집채입니다. 냉장고에 필사적으로 밀어 넣어보지만 결국 다 못 넣습니다. 작디작은 제 집에서 추가적인 저장 공간을 마련하는 것은 무리입니다.

여기서부터는 부동산의 문제로 넘어갑니다. 넓은 땅에 대형 냉동고며 저온 창고를 갖다 놓고 온갖 식재료를 다 때려 넣고 살면 얼마나 좋겠느냐만, 이는 현실적으로 불가능한 일입니다. 앞으로도 그렇겠지요. 따라서 최대한 많은 양의 채소를 가급적 빠르게 배 속에 넣어야 합니다.

버리면 되지 않느냐고요? 음식물 쓰레기는 무게만큼 돈을 내고 버려야 합니다. 먹을 게 쓰레기가 된 것도 원통한데 거기에 돈까지 쓴다? 산신령 쌈 싸 먹는 소리 하지 마십쇼. 먹이는 남기지 않는 것이 원칙입니다.

이쯤에서 채소의 치명적인 단점을 짚고 넘어가지 않을 수 없습니다. 바로 맛이 없다는 것이죠. 사실 채소의 보관과 섭취는 그렇게 까다롭지 않습니다. 보관 기간 짧고 핏물과 기름기로 설거지를 힘들게 하고 상한 걸 잘못 먹으면 죽을 수도 있는 동물성 식재료에 비하면요. 그럼에도 고기보다 채소를 썩히는 일이 훨씬 자주 일어납니다. 이유가 뭐겠습니까? 맛이 없다! 그러니 빨리빨리 먹어치우질 않고 미루고 미루다 결국 썩혀버리는 겁니다. 제가 찾은 가장 쉽고 빠른 해결책은 다음과 같습니다.

1) 초장기 보관 프로젝트 : 끓는 물에 채소를 데칩니다. 데친 채소의 압축률은 매우 뛰어나죠. 숨이 푹 죽은 채소를 건져서 비닐 팩에 담아 냉동실에 착착 넣으면 끝. 거의 냉장고 수명만큼 보관 가능합니다. 이렇게 만들어둔 채소 압축파일들은 그때그때 녹여서 무쳐 먹거나 밥에 비벼 먹거나 된장국에 넣어 먹습니다.

2) 맛있게 만들기 : 행복은 밀가루에 있다+튀기면 신발
깔창도 맛있다는 두 속설을 동시에 써먹읍시다. 밀가루 (또
는 튀김·부침 가루) 반죽을 묽게 만듦 → 채소를 잘게 다져
반죽과 섞음 → 냄비에 넣고 튀기면 채소튀김, 프라이팬에
부치면 채소전 완성. 이 방법으로 집채만 한 채소를 사흘
만에 해치웠습니다.

참고로 방법 2는 처리 효과는 탁월하나 두 번 다시는 하
지 않습니다. 집에서 튀김을 하고 전을 부치는 건 미친 짓
입니다. 뒤처리가 쉽고 깔끔한 게 채소의 멋진 점인데 식기
에 밀가루 칠갑을 하고 사방팔방 기름을 튀기다니요. 이
렇게 귀찮고 비합리적인 조리법은 꿔보의 것이 아니지요.
따라서 저는 방법 1을 애용합니다. 아, 방법 3도 있었네요.
날로 먹기.
꿔보의 기준은 원시인입니다. 원시인이라면 어떻게 먹을

까를 떠올리면 대체로 꿔보 사상과 일치하는 결론에 도달합니다. 불의 발견 이전에는 생풀을 그냥 뜯어 먹었겠지요. 다만 현대의 채소에는 당시에는 없었을 유해 화학 성분이 표면에 남아 있을 가능성이 있으므로 잘 씻어 먹습니다. 처음에는 거친 섬유질과 씁쓸한 풀 맛이 거북하게 느껴질 수 있지만 그것을 맛없음이 아닌 재료 본연의 풍미로 너그러이 받아들이십시오.

우리 원시 조상들이 수천수만 년간 갖은 독초를 먹고 죽어가며 고른 원픽이 내 눈앞에 있다 생각하십시오. 감사의 마음을 담아 꿔~보, 꿔보, 꿔보, 꿔~보, 꿔허~보 이렇게 염불을 외면서 자꾸자꾸 먹다 보면 적응 못 할 것이 없습니다. 어느새 이게 내 먹이려니, 하게 됩니다. 일단 비교적 맛이 순한 양배추, 양상추로 시작해보고 점차 쓴 채소의 비중을 늘려봅시다.

그런데 채소가 진짜 그렇게 맛없습니까? 채소를 '풀떼기'

로 비하하며 오만상을 찌푸리는 사람들을 볼 때마다 드는 의문입니다. 사실 저에게도 채소라면 질색하고 정크 푸드만 찾던 시기가 있었는데, 채소 애호가로 다시 태어나니 올챙이 적 생각을 못 하게 된 모양입니다. 어쨌든 지금은 채소 맛의 광활한 스펙트럼을 탐험하는 게 무척 재밌습니다. 소, 닭, 돼지보다 고수, 양상추, 브로콜리 간의 맛 차이가 훨씬 더 흥미진진하고 스펙터클하게 느껴진단 말이지요. 저만 그런가요.

어쩌면 나이 들어 그럴지 모릅니다. 어릴 땐 미각세포가 예민하게 살아 있어서 채소의 쓴맛이 마냥 괴롭기만 한데, 늙으면 그 세포의 상당량이 죽어서 채소가 쓴 줄도 모르고 잘 먹게 된다는 얘기를 어디선가 들은 기억이 납니다. 뭔가 망했다는 기분이 든다면 그것은 오해입니다. 싫은 감정이 무뎌져 세상 다양한 것들을 포용하도록 진행되는 노화라면, 쌍수 들어 환영할 일 아닙니까?

여기까지, 온통 채소뿐인 식탁 앞에 앉은 저 자신을 향해 몇 번이고 외쳤던 말입니다. 고백건대 가장 많은 채소를 먹었던 때는 미래에 대한 불안과 자기혐오가 극에 달했던 시절이었습니다. 왕돈까스 접시에 채소만 수북이 담아 세 끼를 때웠습니다. 누군가가 공들여 요리한 값비싸고 맛있는 고칼로리 음식을 입에 넣을 자격이 내겐 없으니 원형 그대로의 채소로만 연명해야 한다고 생각했습니다. 그러니까 채식을 일종의 자학 내지는 형벌로 인식했던 것이지요. 그런데 그 왜곡된 인식이 제가 평생토록 갈망하던 신체적 변화를 가져왔습니다. 체중이 10킬로그램 이상 빠지고 변비가 완벽하게 해소된 것입니다. 비만과 변비를 평생 벗어날 수 없는 저주로 여겼던 저는 큰 충격을 받았습니다. 아아, 채소만 맨날 두 근쯤 때려 먹으면 살이 빠지는구나. 창자가 제대로 일하는구나.

몸이 가벼워지자 매일이 상쾌하고 그림의 떡이었던 프리

사이즈 옷을 자유롭게 입을 수 있게 됐습니다. 불안도 자기혐오도 덩달아 가벼워졌습니다. 저는 신이 났습니다. 여기서 더 가벼워지면 불안과 자기혐오도 먼지처럼 가벼워져 멀리 날아가버릴 것 같았습니다.

계속 채소만 먹었습니다. 주위에서 슬슬 건강을 걱정하는 소리가 들려왔습니다. 짜증이 났습니다. 아니 아직 볼따구니랑 허벅지랑 뱃살이 이렇게 두둑한데, 왜들 자꾸 뭘 먹이려는 거야. 채소만 먹어도 돼. 소가 어디 공깃밥에 고기반찬 먹고 근육 키웠나? 풀만 먹고 벌크업 했지. 검색해보니 과연 어느 채소에든 탄수화물, 단백질, 지방이 미량이나마 함유되어 있다기에, 제 식습관이 옳다는 확신은 더욱 강해졌습니다. 그러다 몸져누웠습니다.

쉽게 지치고 피곤하고 우울해졌습니다. 이마 주름과 팔자 주름이 사인펜으로 그은 것처럼 깊게 패였습니다. 겁이 날 정도로 머리카락이 많이 빠졌습니다. 관절 여기저기가 아팠습니다. 추위를 견딜 수 없게 됐습니다. 몸이 사시나무처럼 떨리고 위아래 이가 딱딱 소리 내며 부딪치는 게 만화적 표현이 아니라 실제로 그럴 수 있다는 걸 알았습니다. 갑자기 잇몸 전체에 바늘로 찌르는 듯한 통증이 덮쳐왔습니다. 사실 이것은 채식의 부작용이라기보다는 극단적 절식 혹은 편식의 부작용에 가깝다고 봅니다만, 어찌됐든 강한 신체적 고통이 지속되자 이건 아니다 싶었습니다. 제대로 된 식사를 하기로 결심했습니다.

이 와중에 알게 된 사실. 소가 풀만 먹고도 우람한 근육을 키울 수 있는 비결이 따로 있었습니다. 바로 타고난 네 개의 위장과 그 안에 서식하는 미생물 그리고 되새김질입니다. 먹은 풀이 입-식도-네 위장을 종일 들락날락하는 동안 미생물이 그 풀을 발효시켜 당분, 아미노산, 지방산 등을 만들어내는 것입니다. 위장이 꼴랑 하나뿐이고 되새김질도 못 하는 데다가 기특한 미생물 친구도 없는 우리는 부지런히 돈을 벌어 단백질과 지방을 사 먹어야 합니다. 젠장.

저는 당장 제가 구할 수 있는 가장 싸고 좋은 단백질을 찾아 나섰습니다.

채소를 그나마 맛있고 편하게 먹는 법

간이 안 된 채소를 도저히 목구멍으로 넘길 수 없다면

이들의
도움을
받아보자.

조리법은 그냥 냄비에
물 + 된장(카레) + 채소 넣고
냅다 끓이는 거다.

이러면 원만한 채소의
개성은 사라진다.

된장국이군

카레 맛밖에
안 나는데

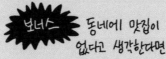 동네에 맛집이
없다고 생각한다면

[동네 이름 + 불모지]로
검색해보자!

불모지(不毛地)
: 풀이 자라지 못하는
거칠고 메마른 땅

이러면 의외로
쓸 만한 정보를 얻을 수 있다.

예) 맛집 불모지 OO동의
한 줄기 빛, 북경반점

콩

부모님이 보내준 채소 꾸러미 한쪽에 콩 한 봉지가 섞여 있었습니다. 밭에서 갓 수확한 날콩이라 불리지 않아도 된다기에 밥솥에 바로 쪄 먹었습니다. 아, 살 것 같았습니다. 이 맛. 싱그럽고 산뜻하지만 빈약한 채소와는 차원이 다른, 넉넉한 칼로리가 혈관에 우르르 밀려드는 느낌. 온 세상이 이제 겨우 제대로 돌아가는 기분.

콩. 왜 예전엔 이 맛만 좋은 콩에 그리도 진저리를 쳤을까요.

밥에 든 콩은 지뢰찾기 하듯 샅샅이 골라내서 최대한 멀리 밀어뒀습니다. 어쩌다 콩송편을 씹으면 서럽기 짝이 없었습니다. 콩자반은 반찬이라기보다는 식탁 구석에 방치된 반쯤 남은 영양제 같은 것이었습니다. 아무리 생각해도 콩국수가 인류에 무슨 도움이 되는 건지 알 수가 없었습니다. 콩이 주제넘게 설쳐대는 음식은 다 싫었습니다.

이건 고소한 건지 느끼한 건지 비린내가 나는 건지… 흐리

멍덩하고 어중간한 주제에 총체적인 존재감은 기괴하게 강렬해서, 단 한 쪽이라도 입안에 들어오면 모른 척을 할 수가 없었습니다. 온 신경이 콩 쪽으로 곤두섰죠. 그 몹쓸 관종력이 미웠습니다. 하필이면 또 영양 만점이라, 어른들이 주는 콩을 순순히 먹으면 하루 권장 필수 영양분의 상당량이 채워지고 배가 든든해지는 것도 분했습니다. 맛있는 것들로 가득 채워도 모자랄 배 속 공간을 콩 따위와 공유해야 한다니요.

요망하고 말초적인 가공의 맛이 아니면 못 먹을 것으로 치부하는 초딩 입맛의 배타성 탓이 컸겠지만, 저는 그에 덧붙여 "콩은 밭에서 나는 쇠고기"라는 격언인지 광고 카피인지 모를 저 유명한 문구에 슬쩍 책임을 돌려봅니다. 콩 맛은 잘 모르면서 쇠고기가 값비싸고 맛 좋다는 인식은 이미 갖추고 있었던 어린 시절의 저는, 저 말에 콩이 진짜로 쇠고기인 줄 알고 그날따라 유난히 딱딱하게 조려진

콩자반을 호쾌하게 한 숟갈 떠먹었습니다. 그리고 절규했
죠. "씨발!!!" 그때부터였을 겁니다, 콩에게 격한 배신감
을 가지게 된 게.

철이 없었죠. 신성한 콩한테 씨발이라니. 그때의 저를 콱
쥐어박고, 보란 듯이 밥에서 콩만 골라내어 국자로 늠름하
게 퍼먹고 싶군요. 철없는 유리멘탈인 어린 날의 저라면,
안 예쁘고 안 대단한 독거 중년이 된 미래의 자신이 갑자
기 눈앞에 나타나서 콩을 퍼먹는 모습에 큰 충격을 받고
비뚤어진 삶을 살 것 같네요. 하지만 이미 비뚤어진 과거,
혹시 거기서 각도가 몇 번 더 비뚤어지면 오히려 한 바퀴
돌아 똑바로 선 인생이 되는 거 아닐까요? 그렇다면 시간
이동을 소재로 한 SF영화에서 흔히 그러하듯, 지금의 못
난 저는 소멸되고 똑바른 버전의 제가 현재에 뿅 나타나지
않을까요? 그렇게 인생이 리셋 된다면 참 쾌적하고 행복
할 텐데. 그렇지만 과연 비뚤어진 게 뭐고 똑바른 게 뭐고

행복은 또 뭔지, 누가 알겠습니까. 결함투성이 버전으로 현생을 살아가는 제가 이제 콩에서 행복을 느끼는 사람이 됐다는 게 중요하지요.

콩 비린내에 민감하게 반응했던 어릴 때와 달리 지금은 콩의 고소함을 강하게 느낍니다. 설겅설겅 씹히거나 때로 진득하게 뭉그러지는 콩의 질감이 어릴 때는 찝찝하고 불쾌했지만 지금은 듬직하고 푸근하기만 합니다. 이유는 모릅니다. 채소 때와 마찬가지로 노화의 영향으로 추측합니다만, 그런 거 따져서 뭐합니까 좋으면 그만이지. 좌우간 꿔보 지망생으로서는 다행한 입맛의 변화입니다.

오래 살려면 단백질을 잘 챙겨 먹어야 합니다. 하지만 좋은 단백질 함량이 높아질수록 식품은 비싸집니다. 비싼 걸 사 먹으려면 무리해서 일해야 하고, 그러다 보면 스트레스 받아서 수명이 단축됩니다. 고맙게도 콩은 비교적 저렴한 양질의 단백질 공급원입니다. 주로 건조 상태로 유통되니 세일 때 왕창 사서 초장기간 보관할 수 있습니다. 따라서 콩이 좋아졌다는 것은 부담 없이 오래 두고 먹을 단백질원과 친숙해진 것이고, 그로 인해 장수할 확률이 높아졌음을 의미합니다. 안타깝지만 여기서 콩 알레르기 체질인 분은 제외되며, 주머니 사정상 전부 수입산 콩을 택했음을 밝힙니다.

좋아하면 자세히 들여다보게 됩니다. 예전엔 무심히 지나쳤던 면면들이 새롭게 눈에 들어옵니다. 강낭콩, 메주콩, 서리태, 쥐눈이콩, 병아리콩, 렌틸콩, 완두콩, 작두콩, 호랑이콩, 울타리콩… 콩도 다 같은 콩이 아니더군요. 종류가 얼마나 다양하고, 맛은 얼마나 다채로우며, 모양은 또 얼마나 아름다운지. 녹색 일변도의 밥상에 하양, 노랑, 주황, 빨강, 검정 콩알을 한두 국자 곁들인 것만으로도 SNS에 올려 자랑하고 싶을 만큼 분위기가 화사해지더군요. 채식·금욕식의 식탁에서 아이돌을 담당할 단 하나의 식재료가 있다면 그것은 콩이 아닐까 합니다.

—메주콩 : 만년 센터 초메이저 멤버. 입덕계의 열린 문. 인성 좋기로 유명한 리더. 된장, 두부, 콩국수, 두유, 식용 유 등등 가장 널리 애용되는 베스트&스테디 셀러 콩이죠. 먹어보면 누구나 납득할, 부드럽고 고소하고 모난 데 없이 둥글둥글 대중적인 맛입니다.

—서리태(속청) : 칠흑 같은 머리칼과 신비롭게 빛나는 녹 색 눈동자. 다재다능하고 엄청 잘생겼는데 선뜻 다가가기 어려운 냉혈 귀족 이미지의 멤버. 새까만 겉과 초록색 속 이 정말이지 고귀한 혈통을 과시하는 듯한 모양새의 콩입 니다. 가격도 귀족적이죠. 콩 중에서 가장 비싼 축에 속합 니다. 탈모에 좋다는데 효능은 모르겠고 맛만 좋더군요. 고급스러운 단맛이 은은하게 감도는 게 먹는 것만으로도 귀한 대접을 받는 느낌입니다. '나는 지금 건강식을 먹고

있다'라는 블랙푸드 특유의 플라시보 효과도 톡톡히 느
낄 수 있죠. 자신에게 선물을 주고 싶은 날, 큰맘 먹고 손
을 떨며 주문합니다.

—병아리콩 : 중동 출신 국민 아이돌로 한국에서도 대활
약 중. 만인에게 사랑받기 위해 태어난 콩입니다. 병아리처
럼 귀엽게 생긴 데다 '싸고 맛있다'는 그 어려운 일을 해낸
대단한 녀석이죠(4킬로그램 8,000원, 무료배송). 맛도 좋습
니다. 포슬포슬 고소한 게 꼭 찐밤 같아요. 믹서에 삶은 병
아리콩, 올리브유, 향신료 커민을 넣고 갈면 '후무스'라고
하는 중동 식탁의 필수템이 탄생하는데, 풍요로운 이국의
맛이 아주 끝내주는 요리입니다. 먹자마자 알라딘이 양탄
자 타고 입속을 막 날아다닙니다. 어느 쇼핑몰 홍보 문구
에 따르면, 만수르 부인의 미모 유지 비결이 바로 이 병아
리콩이라고 하네요. 싼값에 한번 속아봅시다.

—렌틸콩 : 정체불명의 종교에 심취한 마른 근육 삭발 멤

버. 등짝에 갈색과 주황색의 동전파스를 북두칠성 모양으로 붙이고 있음. 조용하나 열광적인 충성 팬덤으로 유명. 내 취향은 아님. 맛이 없진 않았지만 맛있지도 않았습니다. 솔직히 이렇다 할 기억이 없습니다. 꽤 많이 먹었는데도(이것도 쌉니다—4킬로그램 8,000원, 무료배송). 먹어도 먹어도 공허합니다. 한 대접은 먹어야 뭘 좀 먹은 듯하지만 그건 위장이 꽉 차서 어쩔 수 없이 생기는 물리적 포만감일 뿐 정신적 허기는 그대로였습니다. 오히려 먹을수록 허기가 더 악화되는 것도 같았습니다. 청정하고 금욕적인 삶을 살고 있다는 가학적인 만족감이 필요할 때 활용하기 좋은 콩입니다.

—완두콩 : 막내 포지션. 환갑이 넘었지만 워낙 애기 같은 이미지라 어디 가면 민증 검사당함. 생각해보니 콩을 싫어했던 시절 유일하게 잘 먹었던 콩밥이 완두콩밥입니다. 흰쌀밥에 콕콕 박힌 초록색을 골라내는 기분은 지뢰찾기보

다 보물찾기 쪽에 가까웠습니다. 아무래도 동글동글 귀엽게 생겨서 그랬던 것 같은데, 진지하게 맛을 보니 꼭 생김새 때문만은 아니었던 듯합니다. 살짝 달큰하면서 고소하고 크림처럼 부드러운 질감이 어린이집 선생님처럼 다정한 느낌. 팥만큼 빵 속 앙금으로 자주 활용되는 이유를 알겠습니다. 요즘은 쌀을 골라내는 게 귀찮아서 완두콩만 따로 쪄 먹곤 하지요.

꿔보는 어느 것에도 필요 이상의 돈과 시간과 정성을 쏟지 않습니다. 아무리 좋은 음식도 비싸고 번거로우면 일상에서 과감히 쳐내야 합니다. 다행히도 콩 요리법은 아주 간단합니다. 이렇게요. 마른 콩을 물에 불립니다(그냥 물에 넣어놓고 까먹으면 됩니다). → 한나절쯤 지나 퉁퉁 불은 콩을 전기밥솥에 넣고 물을 살짝 붓습니다(100밀리미터쯤? 많이 넣으면 물이 밥솥 밖으로 끓어 넘치므로 주의합니다). → 백미 취사를 누릅니다. → 냉장고에 넣고 5일간 먹습니다. 끝.

콩을 양껏 먹었습니다. 살이 붙고 컨디션이 나아졌습니다. 살이 붙은 건 불쾌했지만(억압된 신체 이미지에 단단히 갇힌 영혼입니다) 전보다 몸이 덜 아프니 살 것 같았습니다. 삶은 콩과 채소를 평생 주식으로 삼기로 했습니다. 오랜 세월 동안 많은 사람들로부터 유익함을 검증받은 건강 식재료들인 데다 저렴하기까지 하니 이보다 더 합리적인 식단은 없었습니다.

그런데 문제가 있었습니다. 방귀였습니다. 본격적으로 콩을 먹은 후부터 방귀가 잦아졌습니다. 농담이 아닙니다. 내장 어딘가가 잘못됐나 싶을 정도로 끝없이 방귀가 나왔습니다. 그것도 가벼운 리허설 수준이 아닌 굉장히 작품성 있는 방귀가. 하루는 뀌다 뀌다 어이가 없어서 작정하고 횟수를 세어봤습니다. 시간당 최고 기록 57번. 1분에 한 번꼴. 이러고도 사람이 살 수 있을까. 글쎄요. 생물학적으로는 큰 문제를 못 느꼈지만, 사회적 자아의 목숨은 명백히 위태로워졌습니다.

저녁 산책을 나갔을 때였습니다. 인적 드문 길이었습니다. 횡단보도에서 혼자 녹색 불을 기다리는데 60대로 추정되는 아저씨가 다가와 3미터쯤 떨어진 곳에 서더군요. 그때 벼락같은 방귀가 나왔습니다. 막아볼 틈도 없이 기습적으로 뾃!!! 자동차 바퀴 터지는 소리 뺨치는 희대의 블록버스터급 방귀였습니다. 야외에서, 그것도 얼굴도 모르는 생판 남 앞에서 그렇게 큰 건을 터뜨린 것은 난생처음이었습니다. 기가 차서 쪽팔리지도 않더군요. 아저씨는 별 반응이 없었습니다. 곧 신호가 바뀌었고, 아저씨와 저는 빠르게 다른 방향으로 갈라졌습니다. 속으로야 어떻게 생각하셨든 말없이 신사적으로 넘어가주신 그분께 감사드립니다. 몹시 크고 도발적인 방귀였기에, 공격 신호로 받아들이고 맞서 싸울 수도 있었는데 말이죠. 이날 이후 콩 섭취에 대해 진지하게 고민하기 시작했습니다.

설상가상으로 흉흉한 소리를 들었습니다. 유튜브에서 시뻘건 경고문구로 뒤덮인 섬네일의 영상을 보았습니다. 요지는 대략 이러했습니다. 콩은 사람의 먹이가 아니다! 콩에는 이러저러한 유해 물질이 있어 장기간 섭취 시 죽을병에 걸린다! 유전자 조작 콩이 얼마나 무서운 결과를 초래할지 아무도 모른다! 함부로 콩 먹지 마라! 먹을 거면 GMO-free 콩을 구해다가 발효해서 먹어라!

저는 음식과 건강 관련 경고에 겁을 잘 먹습니다. 동시에 저 같은 호구 쫄보에게 공포 마케팅을 펼쳐서 이득을 챙기는 자들에 대한 경계심도 높습니다. 그러면서 게으르지요. 이런 유형의 인간이 가장 좋아하는 문제 해결책, 인터넷 검색을 했습니다. 그 결과, 개인차가 있겠지만 대체로 유해한 점보다는 유익한 점이 많으니 적당히 잘 챙겨 먹으면 건강에 도움이 될 수 있다는 게 주류의 견해인 것으로 정리되었습니다.

음. 시뻘겋게 핏발 선 유튜버의 경고와 확연히 대조되는, 나른하고 미지근한 전문가의 의견. 역시 더 신뢰가 갔습니다. 그냥 적당히 살던 대로 살면 된다는 결론이라 변화를 귀찮아하는 제 취향에 더 맞기도 했고요. 하지만 방귀 문제는 짚고 넘어가야 했습니다. 해결책을 찾기 위해 또다시 인터넷 검색에 돌입했습니다.

잦은 방귀의 제1 원인 : 콩류와 채소의 과잉 섭취.

어이쿠, 이런…!

낫토와 콩나물 만드는 법

그 콩 먹지 말라는 동영상에서 들었던,

발효하라는 말이 자꾸 신경 쓰여서

발효기를 샀지 뭐여! ~ 결국 공포마케팅에 쿡쿡 했음~

5만 원

아주 쉬웠다. 재료와 균을 섞어 발효기에 넣고
방치하면 된다. 이걸로 낫토를 만들어 먹었다.

이른콩 300g · 매끼 한 공기씩 5일간 먹음

마트 낫토 1팩 · 삶은 콩 · 하루가 지나면 · 많은 양의 낫토가!

대두가 제일 잘되지만 다른 콩도 상관없다.

서리태낫토 · 병아리콩낫토 · 렌틸낫토 · 완두콩낫토 · 심지어 팥낫토까지

팥으로도 메주를
쑬 수 있더라!

그리고 이것저것 궁리하다

콩나물을 한번 발효기로 키워보기로.

집에 완두콩밖에 없어서 완두콩나물 키우기에 도전.

10시간 불린
완두콩을

요정도 양
구멍 숭숭 난
용기에 넣고

20℃로 맞춤
발효기에 넣어둬

하루 2번
아침저녁으로
물을 부어주고
또 갈아주면
(원래는 2시간에
한번 물을 주는 게
좋다고 함)

3일 뒤

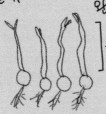

완두콩나물 탄생!

→ 새싹비빔밥에 들어가는
새싹 많이 났다.

재밌었고
콩나물은 사 먹는 것이라는
교훈을 얻었다.

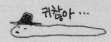
귀찮아...

계란

　　콩 먹어도 소용없습니다!

간만에 TV를 틀었다가 귀를 때리는 쇼핑 호스트의 격앙된 목소리에 움찔했습니다. 평소 홈쇼핑 채널은 3초 이상 보지 않는 저였지만, 주제가 콩이라 그런지 이날따라 자세를 고쳐 앉고 집중하게 되더군요.

　　단백질 흡수율이 5퍼센트도 안 됩니다! 아무리 많이 먹어봤자 다 빠져나갑니다!

그러더니 짠— 흡수가 쫙쫙 잘되는 발효 콩 단백 어쩌고 분말 제품을 소개합니다. 한 박스 59,900원! 바로 TV를 껐습니다. 그 돈이면 차라리 콩 수십 솥을 삶아 먹겠다. 흡수율이 낮으면 폭식하면 되잖아. 하지만 그랬다가는 온실가스 배출의 주범으로 제가 지목되겠죠. 축산업을 제치고.

채소와 콩만 먹고 사는 건 아무튼 이제 무리였습니다. 가스 문제도 그렇고, 영양 불균형도 걱정되고, 고기 맛도 슬슬 그리워졌고요. 하지만 동물을 죽이지 않아도 되는 초저열량 식단에 깃든 맑고 청결한 윤리적 성취감을 저버리기란 의외로 어려운 일이었습니다. 기껏 맑아진 심신을 육식으로 더럽히다니, 밤새 공들여 만든 눈사람을 흙발로 짓밟는 심정이었습니다.

무엇보다, 나를 굳이 잘 먹여줘야 하나? 뭘 잘했다고? 나처럼 밥값 못 하는 저품질 인간에게 생산 과정에서 큰 대가를 치러야 하는 식량 자원인 육류를 먹이는 건 지극히 비효율적인 자원 배분 아닐까? 하는 생각을 떨칠 수가 없었습니다. 콩과 채소만이 통과할 수 있는, 촘촘한 창살로 둘러싸인 자기 비하의 감옥에 갇힌 것이었습니다. 그렇다고 해서 욕망이 사라지진 않았습니다. 오히려 반대였지요. 그럭저럭 참을 만했던 음식에 대한 갈망이 결국 터졌습니다. 온통 (풀과 콩을 제외한) 뭔가를 먹고 싶은 생각뿐이었습니다. 치킨, 피자, 돈까스, 족발, 라면으로 대표되는 치명적인 도시의 맛에 온몸을 더럽히고 싶었습니다. 때로는 그 충동이 꿈까지 침범해 들어와서 브랜드별 치킨을 다 시켜 먹는 꿈을 꾸고는 턱을 미친 듯이 움직이며 깨어나기도 했습니다. 하지만 앞서 말한 강박과 빠르게 녹아내리는 은행 잔고가 몽둥이를 든 무시무시한 수녀님처럼 충동을 있는 힘껏 내리찍었습니다. 몽둥이를 처맞고 찌그러진 충동에서 취미 하나가 뽁 튀어나왔습니다. 마트의 식품 코너 순찰입니다.

원래도 좋아했던 식품 코너였지만 이젠 아예 눈이 뒤집혀서 하염없이 뱅뱅 돌게 되었습니다. 처음에는 굶주림에 폭주한 제가 진열된 음식들을 몽땅 쓸어 담을까 봐 두려웠습니다. 하지만 곧 깨닫습니다. 형형색색 휘황찬란한 유혹으로 가득한 그곳은, 선택지가 다양할수록 결정을 못 내

리는 저에게 그 어느 곳보다 돈을 아끼기 좋은 장소라는
것을. 같은 코너를 열 번도 넘게 맴돌며 고민에 고민을 거
듭하지만 95퍼센트의 확률로 아무것도 못 삽니다.

백화점으로 가면 방어율 100퍼센트입니다. 마트는 가끔
파격적 할인으로 제 지갑을 털어먹곤 하지만 백화점은 그
반대입니다. 저세상 가격표를 내걸어서 알량한 제 소비욕
을 뚝 꺾어버립니다. 저는 그저 곱게 진열된 식료품의 자태
가 뿜어내는 부유함을 간접 흡연하면서 '헉 이걸 미쳤다
고 이 돈 주고 사!'를 연발할 뿐입니다. 그러면서 부자의
특권과 알뜰 소비자로서의 긍지를 한 번에 공짜로 누리는
이중적인 만족감에 은밀하고 몽롱하게 취해들지요. 크!
이 맛에 백화점 구경을 못 끊습니다.

그러던 어느 날이었습니다. 화려한 리뉴얼로 화제를 모았
던 어느 고급 식품관이었습니다. 말로만 듣던 캐비아니 푸
아그라니 하는 귀한 것들을 구경하며 '앗, 이 돈이면 5명

란젓!' '헉, 이 돈이면 10순대간!' 이렇게 서민 음식으로 환산하는 놀이를 하던 중이었습니다. 옆에서 인기척이 느껴졌습니다. 식품관에서 인기척이 느껴지는 거야 당연한 일이지만, 느낌이 묘했습니다. 야구 모자를 푹 눌러쓴 아담한 체구의 젊은 여성이었습니다. 식품 코너 고객의 몸짓은 보통 둘로 나뉩니다. 느긋하거나(여유로운 구경꾼), 다급하거나(선착순 세일). 이분은 어느 쪽도 아니었습니다. 꼼짝 않고 장승처럼 서 있었습니다. 어느 한구석을 노려보며. 슬쩍 따라가 본 그 시선의 끝에, 고풍스러운 일러스트가 그려진 양철 쿠키 상자가 놓여 있었습니다. 풍부한 버터 향으로 유명한 고급 쿠키(가격은 10빠다코코낫).

저는 느낄 수 있었습니다. 그분이 온몸으로 뿜어내는, 솜털이 다 곤두설 정도로 처절한 욕망의 기운을. 먹. 고. 싶. 다…! 쿠키를 눈으로 집어삼킬 듯 바라보는 그분에게서 눈을 뗄 수 없었습니다. 도저히 남 일 같지가 않았거든요.

순간 그분이 제 쪽으로 몸을 휙 돌려서, 눈이 마주쳤습니다. 움찔했습니다. 수척한 얼굴과 저를 노려보는 커다란 두 눈. 설마 그분이 악감정을 품고 저를 노려봤겠냐만, 음습한 관찰자는 관찰 대상의 눈을 절대로 떳떳하게 마주볼 수 없는 법이죠. 찔끔해서 얼른 눈을 돌리고 캐비아와 푸아그라를 열심히 살펴보는 척했습니다. 잠시 후 그분은 미끄러지듯 제 곁을 지나 식품관을 떠났습니다. 혈관이 푸르스름하게 비치는 앙상한 손과, 그 손에 들려 있는 계란 한 판이 얼핏 보였습니다.

그분의 일상이 눈앞에 선명히 그려졌습니다. 삼시세끼 저열량 식품만을 새 모이만큼 먹고 살다가 충동적으로 백화점 식품관에 달려왔을 것입니다. 그리고 금단의 음식들을 잔뜩 사서 배가 터지도록 욱여넣느냐 참느냐의 그 고통스런 갈등 한가운데에서, 저와 눈이 마주친 거죠.

어쩌면 그분도 식품관을 맴도는 제 모습에서 자기 자신을

발견했는지 모릅니다. 그 시기의 저는 어딜 가나 너무 말
랐다는 말을 들었고, 부모님이 진지하게 제 건강을 걱정
하며 자꾸만 뭘 먹이려고 했거든요. 짜증이 났습니다. 남
의 몸을 함부로 평가하는 인간들의 무례함과, 게걸스럽게
먹어대는 과체중의 육체를 복스럽다고 좋아하는 구한말
적 미적 감각이 혐오스러웠습니다. 네, 사람들의 무례함도
뒤떨어진 미감도 모두 문제가 없지 않죠. 하지만 저에게 직
접적인 치명상을 입히는 건 저였습니다. 뼈만 남은 상태에
서도 아직 더 빼야 한다며 온몸에 채찍을 휘두르는 저 자
신이었습니다.

식품관에서 그분을 마주친 이후 생각이 많아졌습니다. 음
식을 향한 터질 듯한 욕망과 공포의 틈바구니에서 점점 소
멸을 향해가는 육체. 그것은 저의 미래였습니다. 이대로라
면 그분과 저의 종착지는 같을 것입니다. 꽃다운 나이의
해골. '가늘고 길게'를 지향하는 꿔보로서, 정신 바짝 차

려야겠다 싶었습니다. '가늘고'와 '길게'의 중요도가 같다
고 착각하기 쉽지만 그렇지 않다. '가늘고'는 어디까지나
'길게' 살기 위한 수단일 뿐. 잊지 말자. '가늚'의 본질적인
목적은 길게 사는 것. 굶어 죽은 해골이 되면 이게 다 뭔
소용인가?

식사 설계를 제대로 해야겠다고 생각했습니다. 식탐과 몸
무게를 동시에 통제할 수 있는 가장 저렴한 식단이 필요했
습니다. 그게 뭘까.

…계란?

문득 떠올랐습니다. 끝끝내 쿠키를 사지 않고 돌아선 그
분의 손에 단단히 붙들려 있던, 계란. 그분의 최종 선택이
라면 어쩐지 믿어도 될 것 같았습니다. 냉큼 계란 한 판을
샀습니다. 물론 동네 마트에서요. 백화점 계란 값은 어휴
무려 3마트 계란인걸요.

아직 뜨거운 삶은 계란을 천천히 베어 물었습니다. 탄식이

절로 나옵니다. 아아, 중량감이 다르구나…. 이렇게 믿음
직한 맛이었나, 동물성 단백질! 근육질의 건장한 경호원
들이 온 세포에 밀어닥치는 느낌입니다. 먹던 계란을 들여
다보고 새삼 감탄했습니다. 희고 매끄러운 원에 담긴 정오
의 태양 같은 노오란 원. 디자인마저 완벽합니다. 제가 IT
회사를 차린다면 로고는 무조건 한 입 먹은 계란입니다.
계란은 여러모로 꿔보 라이프에 적합한 식재료입니다. 가
장 저렴한 동물성 단백질이죠(요즘에는 툭하면 폭등해서 좀
아슬아슬하지만). 쉽고 빠르게 요리할 수 있고 뒤처리도 수
월하죠. 병아리의 미래를 이렇게 막 서른 개씩 까먹어도 되
나 싶은 죄책감이 슬쩍 들지만 그건 그야말로 닭털보다도
가볍게 스쳐 지나가는 죄책감. 인간의 도시에 태어난 닭의
앞날을 생각하면, 알일 때 먹어치워주는 것이 숫제 선행입
니다. 애당초 제가 사 먹는 마트 최저가 계란은 암탉 혼자
낳은 무정란이라 고민할 필요도 없고요. 진정 계란은 완전

식품입니다. 공장식 축산으로 닭을 무자비하게 들볶아서 뽑아낸 산물이라는 점만 깨끗이 외면할 수 있다면.

채소, 콩에 이어 식탁에 오른 계란. 주로 삶아 먹었습니다. 간편할뿐더러 같은 계란이라도 삶으면 양이 더 많게 느껴져서요. 한 끼에 한 알씩, 하루 세 알의 계란을 먹었습니다. 부자가 된 느낌이었습니다. 그러자 이제는 부자병(잘 먹어서 생기는 성인병)이 걱정되었습니다. 그러고 보니 어릴 때 계란은 하루 한 알만 먹는 거라고 들은 기억이 나는데, 세 알이면 콜레스테롤 과다 섭취로 뒷목 잡고 쓰러지는 거 아닙니까?! 그래서 또다시 걱정 많은 게으름뱅이의 친구, 포털 검색창을 쿡쿡 쑤셔봤습니다. 최근 연구 결과에 따르면, 계란 노른자의 콜레스테롤은 혈중 콜레스테롤 농도를 직접적으로 높이지 않는다고 합니다. 성인의 경우 하루 두세 알 정도는 먹어도 된다네요. 글쎄요. 사실 하도 많은 식품들이 연구 결과에 따라 누명을 썼다 벗었다 하는 통에 전적으로 믿긴 어렵지만, 일단 다행입니다. 귀찮으니 그냥 안심하기로 합니다. 노른자를 맨날 삽으로 퍼먹지만 않으면 괜찮겠죠 뭐. 그렇게 오늘도 태평하게 며칠간 먹을 계란을 삶아둡니다. 든든합니다.

+

출연자가 골백번 계란이라 말해도 골백번을 다 달걀로 고쳐 내보내는 지상파 방송 프로그램 자막의 대쪽 같은 고집, 늘 신기했습니다. 이를테면 계란말이를 아무도 쓰지 않는 달걀말이로 고쳐놓는 식. 이쯤 되면 삐— 처리만 안 했다뿐 거의 준욕설급 대접 아닙니까?

이유를 알아보니 달걀은 우리말이고 계란은 한자어니 우리말 권장 차원에서 달걀을 쓰는 거라 합니다. 어느 나라에서 온 단어든 한글로 표기 가능하고 대중이 많이 쓰면 다 우리말로 치자는 게 제 입장이지만, 저처럼 속 편하게 굽면 안 되는 사정이 있나 보죠.

어쨌든 저는 달걀이 싫습니다. 달걀이라 하면 음식이라기보다 이마로 쳐서 박살 낼 물건처럼 느껴져요. 발음도 별로고요. ㄹ 받침 두 개에 이중모음 ㅑ까지 있어서 혀가 피곤합니다. 계란에도 이중모음 ㅖ가 있지만 말할 때 대충 '개란, 개란' 하고 구렁이 담 넘어가듯 술렁술렁 말해도 다들 잘 알아듣잖아요.

그런 이유로 이 글에 등장하는 모든 닭의 알을 계란으로 썼고, 앞으로도 그럴 것입니다. 단, 콜럼버스는 예외입니다. 그 아저씨한텐 달걀이 어울려요. '콜럼버스의 계란'이라고 하면 뭔가… 쓸데없이 먹음직스러워져서.

스타트업 에그!

완벽한 반숙란 삶는 법

반숙란 껍질을 깔 때
흰자가 너덜너덜하게
뜯어지곤 했다.

완숙은 대부분
깨끗이 까졌다.

흰자와 껍질 사이의 막,
'난막'이 문제인 것 같았다.

덜 익은 흰자 표면이
난막과 분리되지 않으면
껍질을 깔 때 같이
뜯겨져 나오는 것이다.

반숙 삶는 법은 쉽게 찾을 수 있지만
시키는대로 해도 결과가 잘 나오지 않았고
(모호한 설명, 조리도구의 차이 등으로 인해)

계란을 냄비에서 꺼내
찬물(얼음물)에 넣고 식히는
이 과정이 너무 귀찮다!

하여 내가 찾은 방법은 ─────

SK애적 하이라이트, 지름 20cm 스테인러스 냄비 사용
  ERA-F305E

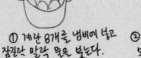

① 계란 8개를 냄비에 넣고
잠길락 말락 물을 붙는다.

② 9단계 (최고)로
5분간 가열.

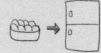

③ 전원을 끄고
4분간 방치.

④ 꺼내서
냉장실에 두면

껍질 잘 까지고
젤리 같은 노른자를 품은
이상적인 반숙이 나온다!

...그리고
깨달았다.

나는 **완숙**이 더 좋다! - 더 고소하고 배부름

우유

먹으면 내 몸과 마음까지 완전해지는 듯한 음식. 하지만 의학·과학·식품 공학의 발달로 특정 물질의 완전무결함을 주장하기 어려워져서인지 요즘에는 진지하게 언급하는 이가 드물어진 그것. 1년에 한 번 생각할까 말까 한 그 단어, 완전식품. 꿔보 라이프를 지향한 뒤부터 부쩍 자주 생각합니다. 삶에 대한 고민이 깊어질 때마다 교과서에서 해답을 찾으려는 옛 버릇이 발동한 탓일까요. 초등학교 교과서에 완전식품이 나오거든요. 시험에도 자주 나왔고요. 다음 보기 중 완전식품을 모두 고르시오. 콩, 계란 그리고 또… 뭐가 있었더라?

    완전식품, 가공하지 않은 원료 상태로 섭취해도 대부분의 필수 영양소를 섭취할 수 있는 식품.
    보통 계란, 콩, 우유 등이 완전식품으로 알려져 있다.

와, 정의를 찾아보니 완전식품이란 완전 꿔보 식단 인증 마크나 다름없더군요. 요리할 필요 없고 살생에서 자유로운 저렴한 영양식! 그리하여 제 꿔보 라이프의 네 번째 메뉴로 자연스럽게 우유가 흘러들어 왔습니다. 신도 나고 겁도 났습니다. 기껏 잘 절제해왔는데, 이제 무너질 일만 남았구나. 음식 가짓수를 하나둘 야금야금 늘려가면서. 저를 식탐에 미쳐 날뛰게 한 최초의 원흉이 우유였거든요.

"느끼하지 않고 맛있어요!"

음식에 대한 찬사로 통용되는 이 말. 들을 때마다 말한 인간의 주둥이를 콱 꼬집고 싶습니다. 느끼함과 맛있음을 반대되는 개념이라 치부하는 저 자신감은 대체 어디서 나오는 것이며, 느끼한 게 매력인 재료를 아득바득 느끼하지 않게 만들어놓고 맛있어하는 그 변태 행각은 또 뭐란 말입니까? 느끼한 게 싫으면 오이를 깎아 잡수십시다. 애먼 지방 기죽이지 말고.

이러한 느끼근본주의적 성향은 엄마 배 속에 있을 때부터 아주 지랄맞았다고 합니다. 엄마는 동물성 지방이라면 질색을 하는 열혈 채소과일파였습니다. 헌데 저를 임신하자마자 비계가 두둑이 붙은 소, 닭, 돼지고기 및 유지방이 듬뿍 든 빵과 아이스크림을 귀신에 홀린 듯 먹어치웠고, 출산과 동시에 감쪽같이 원래의 식성을 되찾았다고 합니다. 엄마를 홀린 귀신은 누가 봐도 저였죠.

저는 음식에 미친 우량아였습니다. 장난감보다 음식이 좋았습니다. 뭘 가지고 놀아도 미각이 자극되고 배 속에 포만감이 차오를 때의 뜨듯하고 황홀한 쾌감만큼 재미있지 않았습니다. 그 쾌감 중에서 당분의 단맛과 지방의 고소함을 가장 좋아했습니다. 그 두 가지 맛을 다 갖춘 식품이 코앞에 있었죠. 모유.

조사해본 바, 모유는 단맛과 비릿한 고소함이 두드러지는 맛이라고 합니다. 바나나맛우유와 비슷하다는 의견도 있고요. 사실이라면 집착할 만했겠네요. 하루 종일 젖을 물고 빠는 저 때문에 엄마는 매일 죽을 맛이었다고 합니다. 이유식 이전의 기억은 거의 없어 최측근의 증언을 참고해 썼지만, 내가 얼마나 식탐을 부렸으며 그로 인해 엄마가 얼마나 힘들었을지는 안 봐도 뻔합니다. 아아, 어릴 적 그리운 음식 대부분에 엄마의 고생이 배어 있음은 진즉 알았지만, 이제 보니 태초에 모유가 있었군요.

엄마가 내게 젖을 먹여 또 하나의 (잠재적) 젖 생산자로 키워낸 눈물겨운 헌신에 이따금 몸서리칠 때가 있습니다. 젖분비 기관이 제 몸에 두 짝이나 붙어 있다는 게 이 나이 먹도록 너무도 낯설게 느껴집니다. 생식기가 달린 것도 참 별꼴이지만 번식을 못 하면 인류는 곧 멸망할 것이기에, 일단 인체의 기본 옵션으로 거시기를 달아둔 불가피한 사정까지는 경건하게 받아들이겠습니다. 하지만 젖은 좀 버겁네요. 거시기는 그나마 사타구니에 조신하게 숨겨져 있기

라도 하지, 젖은 인체에서 얼굴 다음으로 조망권이 좋은 위치에 쌍으로 붙어 있잖아요. 너무 들이대는 느낌입니다. 출산도, 육아도, 새 섹스 파트너를 유혹할 마음도 없는 지금의 저로서는 그 존재가 거추장스럽기만 합니다. 작고 소박한 책방을 열려고 하는데 외벽에 거대한 공룡 대가리 장식이 붙은, 망한 노래방을 강제로 인수받은 심정입니다. 차라리 젖을 철거하고 그 자리에 [먹는존재*나의먹이*절찬판매중]이 번쩍번쩍 흐르는 LED 전광판이나 박아 넣고 싶습니다. 살림살이에 한 푼이라도 보탬이 되게.

내 젖과도 이렇게 불화하는데, 내가 다른 동물의 젖을 조직적으로 뺏어 먹는 종족의 일원이라는 사실에 생각이 미치면, 대체 이게 무슨 끔찍한 장난인가 싶어 말문이 막힙니다. 문제는 그 젖이 너무 맛있어서, 슬그머니 눈을 감고 동족의 악행에 동참해버린다는 것이지요.

3년째 되던 해에 저는 모유 이용권을 박탈당하고 남의 젖

을 먹게 됩니다. 분말로 된 소의 젖, 분유. 처음에는 멀겋
게 타주는 분유를 고분고분하게 받아먹다가, 숟가락을 쓸
줄 알고 분유통 뚜껑을 혼자 열 수 있게 된 뒤부터는 부모
님의 눈을 피해 취향껏 분유를 타 먹었습니다.

유지방을 향한 욕망의 폭주기관차가 출발했습니다. 팥죽
처럼 걸쭉하게 타 먹었다가, 땅콩버터처럼 꾸덕하게 비벼
먹다가, 지우개처럼 뻑뻑하게 뭉쳐 먹다가, 나중에는 아예
숟가락으로 가루만 퍼먹었습니다. 혀와 입천장에 농후하
고 진득하게 들러붙는 고소하고 기름진 맛이 기절하게 좋
았습니다. 비밀의 욕망 대잔치는 곧 들통났습니다.

젖에는 새끼의 덩치를 빨리 키우는 성분이 들어 있죠. 우
유는 원래 소 전용 먹이고요. 그걸 압축한 게 분유란 말입
니다. 한 통당 우유 8리터가 들어간답니다. 한 번 먹으면
반 통은 우습게 해치웠으니, 원래도 우량했던 몸이 금세
수영장 튜브 두세 개를 겹쳐 낀 듯 불어나버렸죠. 기겁한

엄마가 제 손이 닿지 않는 곳으로 분유통을 치워버렸고,
폭주기관차의 엔진은 그제야 겨우 식었습니다.

정작 우유는 좋아하지 않았습니다. 분유를 숟갈로 막 퍼
먹는 입에 유지방 3퍼센트짜리 우유가 성에 찰 리 없었죠.
초등학교 급식으로 나왔던 종이팩 우유는 아예 대놓고 싫
어했습니다. 학교 우유 특유의 불쾌한 냄새가 있습니다.
서툰 손으로 반대쪽을 잘못 뜯어 너덜너덜해진 주둥이에
입을 갖다 대면 코끝에 훅 끼치는 종이팩 냄샌지 우유 비
린내인지 모를 그 거북한 냄새. 찢어진 주둥이 틈으로 새
어 나온 우유에 윗도리를 더럽힌 날엔 종일 스멀스멀 올라
오는 그 메스꺼운 냄새.

몇십 명의 어린애들에게 액체를 주면 쏟는 애들이 꼭 한
두 명은 나옵니다. 때문에 책상, 가방, 교과서, 옷, 실내화,
교실 바닥 중 어딘가에는 반드시 우유 얼룩이 있었고, 교
실 공기에는 늘 맛이 간 우유 냄새가 희미하게 감돌았습

니다. 마치 반 애들의 정신 상태 같았죠. 혐오와 집단 괴롭
힘의 구실로 악취만 한 게 없습니다. 돼먹잖은 일부 애들
은 달리는 자동차 바퀴에 우유팩을 던져서 뻥 터지는 꼴
을 보며 낄낄댔고, 보다 질 나쁜 애들은 만만한 애에게 우
유를 끼얹고 괴롭히며 놀았습니다. 훔친 남의 젖으로 대
체 뭐하는 짓들인지. 우주 역사상 인류만큼 엽기적인 빌런
도 없을 겁니다. 음식 갖고 장난치는 걸 못 견디는 저는 애
들의 악마 같은 짓거리가 부패한 젖비린내보다 역겨웠습
니다. 학교가 빨리 끝나기만을 바랐습니다. 얼른 집으로
달려가 먹지 않고 가방에 넣어둔 우유에다 시리얼을 말아
먹고 싶었습니다. 시리얼의 달콤한 기운이 스며든 우유를
한 대접 들이켜면, 호랑이 기운이 솟아나서 미친 학교생활
을 버텨낼 수 있을 것만 같았습니다.
  흰 우유와는 이렇듯 서먹한 사이였습니다. 주선자를 끼고
만나야만 겨우 같이 놀았죠. 시리얼이나 코코아를 타 먹거

나 카스텔라를 적셔 먹는 식으로. 하지만 우유의 파생 상품 4대장에게는 누구의 도움도 없이 단박에 반해버렸습니다.

―요거트 : 크리미한 질감과 적당한 신맛이 매력적인 농후 발효유. 떠먹는 요거트는 사랑입니다. 먹을수록 먹을 양이 줄어드는 게 가슴 아파 그 작은 플라스틱 숟가락의 반의 반씩 살살 긁어서 아껴 먹곤 했지요. 개인적으로 떠먹는 요거트의 백미로 꼽는, 뚜껑과 용기 입구의 가장자리에 붙은 살짝 뻑뻑하게 응고된 부분을 긁어 먹을 때의 간질간질한 재미를 정말 좋아합니다.

―치즈 : 요거트가 단맛, 신맛, 고소함의 예술적 조화라면, 소금기와 만난 응축된 유지방이 얼마나 깊고 중후한 매력을 뿜어내는지를 보여주는 것이 치즈라 하겠습니다. 제 꿈은 어른이 되면 슬라이스 체다 치즈 100장을 벽돌처럼 붙인 다음 볼이 터지게 와구와구 베물어 먹는 것이었

습니다(해봤는데 의외로 별로여서 붙어버린 치즈를 칼로 다시 슬라이스 해 먹었습니다. 체다 치즈는 역시 한 장씩 감질나게 먹어야 제 맛). 피자의 흥행은 전적으로 폭포수처럼 늘어나는 모차렐라 치즈의 퍼포먼스 덕분이라 봅니다. 냄새만 맡아도 레스토랑과 청국장집에 동시에 앉은 듯한 느낌을 주는 고르곤졸라 치즈의 다국적 풍미는 또 얼마나 경이로운지요.

—크림 : 천사의 날개같이 생긴 게 어쩜 맛까지 이래. 무심코 훑어 먹은 첫 케이크의 크림이 너무나 맛있어서 충격받았던 기억이 납니다. (선물 다음으로) 케이크 때문에 생일이 기다려졌고, 크림 때문에 케이크에 빠졌습니다. 제 또다른 꿈은 어른이 되면 빵 없이 크림만으로 이루어진 케이크를 만들어서 혼자 다 퍼먹는 것이었지요. 시간이 흘러 번거롭게 케이크를 만들지 않고도 간편하게 크림을 즐기기 딱 좋은 상품을 발견했습니다. 휘핑크림 스프레이. 면

도크림통처럼 길쭉한 캔의 꼭지를 누르면 크림이 입안 가
득 와라라라 쏟아져 들어옵니다. 누운 채로 순식간에 한
통을 다 비웠습니다. 허무하더군요. 꿈이란 이룰 때보다
꿈꿀 때 더 맛있는 것임을 이때 깨달았습니다.

─버터 : 신의 축복이 있다면 버터 모양이 아닐는지. 어떤
재료든 버터가 들어가면 맛의 등급이 폭발적으로 도약하
는 것이 늘 신기했습니다. 맨입에 버터를 덩어리째로 먹어
봤는데 와, 압도적 행복. 다량의 지방 섭취로도 만취할 수
가 있겠더군요. 그런 의미에서 단팥빵의 반을 갈라 버터
덩어리를 끼워 넣은 앙버터빵을 개발한 분은 진정 맛의 천
재십니다. 한동안 각종 유명 빵집의 앙버터빵 후기를 정독
하고, 이 집은 버터가 너무 커서 느끼해 못 먹겠다는 평가
를 받은 곳만 골라서 사 먹었습니다. …네. 불타는 사랑의
결말은 비만이었죠.

평생 뚱뚱하게 살다 죽을 운명이라 생각했습니다. 그러다 일과 사람, 모두에게 외면당하고 죄책감과 자기 비하의 구 렁텅이에서 허우적대다 병을 얻고 식욕을 잃고 엄청나게 살이 빠졌습니다. 무려 저체중 인간이 되었지요. 좋지 않 은 계기로 맞이한 신체적 변화였지만, 솔직히 횡재했다 싶 었습니다. 체중계에 올라설 때마다 입이 귀까지 찢어졌죠. 이게 꿈인지 생신지 싶어서. 그런데 우유를 다시 먹게 되 면, 미각세포를 뒤흔드는 유지방에 → 잠들었던 식탐이 대 폭발하여 → 요거트, 치즈, 크림, 버터를 배 터지게 처먹고 → 순식간에 옛날로 돌아가지 않을까? 그렇게 되면 전보 다 더 지독한 자학감에 짓눌리지 않을까 두려웠습니다.

한편으로는 우유와 유제품을 둘러싼 끝없는 유해성 논란 도 신경이 쓰였습니다. 성장호르몬, 항생제, 칼슘 그리고 사랑해 마지않는 유지방이 암, 당뇨, 심장병, 골다공증 등 굵직굵직한 질병을 유발하는 위험 인자랍니다. 아니 이게 무슨 소리야, 나는 가늘고 길게 살기로 했는데!

우유의 꿔보 식단 자격 심사를 다시 하기로 했습니다. 열심히 인터넷을 검색했다는 얘기죠. 정리하면 이렇습니다. 다수의 전문가들 견해와 WHO에 따르면 우유는 뼈 건강에 도움이 되며 (상당수의 음식이 그러하듯) 어떤 암은 예방하고 어떤 암은 유발하는 성분이 있으나 크게 신경 쓸 건 없다. 성장호르몬과 항생제도 마찬가지다. 다만 동물성 포화지방산이 많으니 하루 두 잔 이하로 마시는 것을 권장한다.

과연 인류가 오래 먹어오고 대규모로 상업화된 음식답게 둥글둥글 안심되는 결론인데 단 하나, 뾰족이 마음을 찌르고 들어오는 메시지가 있네요. 그것은 동물성 포화지방산을 많이 먹으면 몸에 나쁘다. 즉, 유지방은 나쁘다. 그럴 줄 알았습니다. 어쩐지 너무 맛있더라니.

역시 그 환상의 맛은 저를 저세상으로 보낼 나쁜 남자의 치명적 매력 같은 거였네요. 그렇다고 우유의 단백질과 칼슘과 기타 이로운 물질까지 놓아버리긴 아깝지 않은가. 그래서 고심 끝에 저는….

유지방-free 요거트 만드는 법

150g
탈지분유
유지방 0%
1Kg

물
850g

1포
요거트
스타터

발효!
하면 왠지
뭐든 건강식으로
업그레이드되는 것 같아서 좋다.

42℃
8시간

가루를 더 추가하고
발효 후 물기를 짝 빼서

뻑뻑

아주 뻑뻑한
그릭요거트를
만들 수 있다. 괜찮겠지만…

히힛
수고
하셨어요
유선생님!

…

유산균

견과류

폭식의 기쁨을 잃은 뒤로 먹방을 보기 시작했습니다. 좌
절된 식욕을 먹방으로 달래다니 참으로 수치스럽도록 진
부한 선택이다 싶었지만, 저는 곧 유튜브 알고리즘의 노예
가 되어 광대한 먹방의 바다에 무념무상 몸을 맡기게 되
었습니다.

그런데 의외로 푹 빠져들기가 쉽지 않은 장르였습니다. 보
다 보면 뭐 하나라도 거슬리는 지점이 꼭 나왔고, 시청을
거듭할수록 불쾌감이 눈덩이처럼 커져서 견딜 수 없을 지
경에 이르곤 했습니다. 추접스럽게 쩝쩝거렸던 A, 말투가
신경질적이었던 B, 음식 갖고 보란 듯이 장난치던 C, 맨날
비싼 것만 먹던 D, 먹다 남은 음식을 클로즈업 하는 E, 음
식 이름으로 자꾸 재미없는 3행시를 지었던 F, 먹을 때마
다 입술이 뾰족해지고 눈알을 좌우로 굴리는 게 무척 비
굴해 보였던 G, 맛있으면 오만상을 찌푸리며 으흐으음~~!
하고 외설스런 신음을 연발하던 H, 탕수육 부먹과 민트초

코만 보면 입에 게거품을 물며 욕하던 I···. 이상, 함께했다 떠나보낸 이들의 명단입니다. 아무래도 어릴 적부터 형성된 각자의 식사 예절을 토대로 사람을 평가하게 되기에 더더욱 싫은 측면에 예민하게 반응하는 건가 싶지만, 아무리 그래도 내쳐버린 유튜버의 명단이 I쯤 되니, 문제는 그들이 아니라 남을 쉽게 흉보고 손절하는 내 고약한 심보라는 생각을 안 할 수가 없더군요. 평가 권력을 함부로 휘두르는 인간만큼 꼴 보기 싫은 게 없죠. 그래서 Z까지 채우려던 부끄러운 손길, 슬그머니 거두고 말았습니다.

그러다 귀인을 만났습니다. 아기 곰처럼 귀엽고 밝고 긍정적이고, 먹성이 좋기는 하되 괴식 및 폭식을 하지 않고, 먹는 소리를 ASMR 마이크에다 대고 선정적으로 증폭해 들려주는 전시성 먹방을 하지 않고, 좋은 사람들과 맛있는 음식을 즐기는 시간을 진심으로 사랑하는, 딱 제 취향으로 편집된 분이었습니다. 드디어 정착할 먹방을 찾았다 싶었죠. 저는 당장 귀인의 채널을 구독하고 귀인의 영상을 온종일 틀어놓은 채 먹고 놀고 씻고 일했습니다. 그러던 어느 날, 빵 특집 영상을 보던 중이었습니다. 유명한 곳에서 사 온 단팥빵을 맛있게 먹던 귀인이 갑자기 인상을 확 구깁니다. 구독 이래 처음 보는 강렬한 혐오의 표정. 그러고는 먹던 걸 휴지에 뱉으며 하는 말이,

"아씨, 견과류 극혐."

맙소사.

먹던 음식을 뱉고 견과류를 극혐하는 J, 구독 취소.

하기야 저도 한때는 견과류를 싫어하는 사람이었습니다. 견과류라니, 음식에 붙기엔 상당히 현학적이고 불친절한 이름이지 않습니까. 식탁이 아니라 도서관에 꽂아 넣고 싶어집니다. 모양도 무슨 원목 가구가 낳은 알같이 생긴 게 맛까지 별로예요. 식물성 불포화지방산의 비리고 쓰름한 기름 맛. 동물성 포화지방산의 치명적 고소함에 비하면

하나도 안 섹시하지요. 건강에 좋다고 열심히 언론 플레이를 하니 망정이지 잠자코 있으면 화석이 될 때까지 안 팔릴 겁니다.

이상, 호두를 한두 번 먹어보고 했던 생각입니다. 그땐 몰랐거든요. 호두 하나를 먹고 견과류 전체를 싫어하는 건 한 명의 사람에게 실망했다는 이유로 인류 전체를 등지는 것만큼 어리석은 짓이라는 걸.

처음 빠졌던 견과류는 커피땅콩이었지만 그것은 누가 봐도 땅콩이 아닌 설탕 코팅에 중독된 케이스니 제쳐두고, 진정한 견과류 사랑의 역사는 캐슈너트를 접하고부터 시작됐다 하겠습니다.

첫 만남은 부모님 친구 분들의 술자리였습니다. 어린 저는 술자리를 좋아했습니다. 안주로 나오는 자극적인 음식들 때문이었죠. 흥이 오른 어른들 주변을 빙빙 맴돌다가(운 좋게도 기분 좋을 때만 술 마시는 어른들 틈에서 자랐습니다) 끼어들어 가도 될 분위기면 하이에나처럼 달려들어 음식을 먹어대곤 했습니다. 운명의 그날도 여느 때처럼 왁자지껄한 술판이었습니다. 구절판같이 생긴 나무 접시에 옹기종기 담긴 마른안주가 상에 놓였습니다. 커피땅콩이 있으면 한 움큼 집어 갈 요량으로 접시를 슥 정찰하던 저는, 순간 눈을 의심했습니다. 땅콩이 단체로 휘었네요?! 놀란 저는 휘어진 땅콩 한 알을 집어 들고 상하좌우로 돌려가며 한참을 관찰했습니다. 희한했습니다. 보면 볼수록 제 몸과 마음과 저를 감싼 시공간마저 그 땅콩처럼 꼬부라지는 것 같았습니다. 조심스레 맛을 봤습니다. 오도독.

…와, 너무 맛있어!

땅콩과 비슷한 듯하지만 보다 부드럽게 씹히고, 온유하게 달콤하며, 다정하기 그지없이 고소한 맛. 유지방에 필적하는 만족감이었죠. 신비로운 꼬불땅콩은 단박에 제 마음속 견과류 1위로 등극했습니다. 한 알, 두 알, 세 알… 손이 멈추질 않았고, 구절판의 한 칸에 감질나게 담겨 있던 캐슈너트는 순식간에 동이 났습니다. 그때 누군가의 시선이 느껴졌습니다. 아마도 그날의 상차림 노동을 떠맡은 집주인의 부인이었겠죠. 뜨끔했습니다. 공용 접시에 담긴 음식을 혼자서 다 먹어치운 건 사회적 동물로서 선을 넘은 짓이라는 것 정도는 알 만한 나이였으니까요. 시선을 애써 외면하며 앉아 있는데, 그분이 조용히 일어나 부엌에서 뭘 들고 옵니다. '캐슈너트'라 적힌 A4 용지만 한 지퍼백입니다. 그 속에서 캐슈너트 여남은 알을 꺼내어 안주 접시의 빈칸에다 도로록 떨궈줍니다. 그때 저는 보았습니다. 지퍼백을 소중히 끌어안고 돌아온 그분의 고뇌 어린 눈빛 그리고 캐슈너트를 조심스럽게 끌어올리는 네 손가락과 힘없이 치켜든 새끼손가락의 미세한 떨림을. 차마 다섯 손가락을 삽처럼 모아서 인심 좋게 푹푹 퍼줄 수가 없었던 겁니다. 너무나 비쌌기 때문에.

캐슈너트를 장바구니에 담고 결제 버튼을 누를 때, 그날의
그분처럼 손가락을 떠는 저를 발견합니다. 여전히 캐슈너
트는 비싼 견과류거든요. 수입 농산물이 흔해진 요즘도
손 떨리는 가격인데 그 옛날엔 어땠을지. 모르긴 몰라도
꽤 큰맘 먹고 구입하셨겠다 싶습니다. 블랙홀 같은 먹성을
지닌 어린애에게 추가로 몇 알을 내어준 것 또한 쉽지 않
은 결단이었으리라 짐작합니다. 제가 떼부자가 되면 꼬마
빌딩만 한 금고에 캐슈너트를 가득 채워 넣고 〈디즈니 만
화동산〉의 스크루지 영감처럼 거기에 풍덩 뛰어들어 수영
을 할 겁니다. 이름도 얼굴도 기억나지 않는, 그 캐슈너트
아줌마와 함께.

견과류는 이제 다 좋아합니다. 맛없다고 찢어지게 흉을
봤던 호두조차 잘 먹게 됐습니다. 들풀을 날로 씹어 먹는
고행을 한 덕택에 웬만한 음식은 다 맛있어졌는지도 모릅
니다. 견과류가 하도 몸에 좋다고들 하니 더 마음 편하게

맛있어하는 측면도 없지 않을 것입니다. 어릴 땐 설탕이나 초콜릿 코팅 안 된 견과는 거들떠도 안 봤건만, 지금은 슈퍼푸드로서의 명성과 각종 효능 퍼레이드를 설탕보다 더 감미로운 코팅으로 느끼는 몸이 된 것입니다.

생으로든 구워서든, 가리지 않고 오독오독 잘 먹습니다. 캐슈너트 같은 건 앉은 자리에서 한 대접 해치우는 건 일도 아닙니다. 비싸니까 참지요. 그래서 가끔 세일 때 잔뜩 사놓습니다. 견과류의 불포화지방산은 잘 산패되고, 산패된 기름은 건강상 안 먹느니만 못 하니 적은 양을 자주 사 먹으라 하지만, 얼려두면 괜찮지 않을까요. 냉동실에서는 식재료의 시공간이 영원히 얼어붙어서, 천년만년 두고두고 먹어도 될 거라는 막연한 믿음이 있습니다. 그릇된 믿음이었죠. 알고 보니 냉동한 햄, 소시지류는 2개월 안에 먹어야 하더군요. 하지만 다행히도 우리의 견과류는 최대 4년까지 보관이 가능하다고 하네요! 안심하고 냉동해둔 견과류를 끼니마다 조금씩 꺼내 먹고 있습니다. 꿔보 식단에서 유지방이 빠져나간 빈자리를, 이제는 견과류가 든든히 채워주고 있습니다.

거짓말입니다. 솔직히 견과류가 든든한 줄 모르겠어요. 흔히 견과류는 조금만 먹어도 포만감이 느껴지기 때문에 다이어트에 도움이 된다고 하지만 저는 아닌 것 같습니다. 유제품을 마구 퍼먹다 보면 골이 띵해지면서 더는 못 먹겠다 싶은 철벽의 순간이 훅 다가오는데, 견과류는 간에 기별도 안 가고 먹어도 먹어도 더 먹고만 싶던데요. 유지방의 든든한 대용품이 아니라 쓸데없이 매혹적인 군것질을 식단에 추가한 셈입니다.

냉동실에서 네 손가락으로 조심스럽게 꺼내 먹던 견과류를 어느새 한 주먹, 두 주먹, 그러다 자제력을 잃고 냉면 그릇에 부어 먹었습니다. 보름쯤 지나니 슬슬 몸이 묵지근해지는 것이 허리와 발목에 모래주머니를 차고 다니는 기분

이 들었습니다. 홀딱 벗고 거울을 봤습니다. 배와 허벅지
에 비너스 상처럼 투실투실 살이 올라 있었습니다. 망했
다. 아직은 고대 그리스의 허여멀건 비너스 상에 가깝지만
이대로 가다가는 풍요와 다산의 상징인 석기시대의 비너
스가 될 게 뻔했습니다.

+

엊그제 견과류를 먹다가 그렇다면 내가 먹방을 해보면 어
떨까, 하는 생각이 불쑥 들었습니다. 내친김에 즉시 휴대
폰 녹화 버튼을 누르고 카메라 테스트를 해봤지요. 결과
는… 윽. 밥 먹는 내 모습을 보는 건 녹음된 내 목소리를
듣는 것과는 비교도 안 되게 괴롭더군요. 진짜 재수 없고
짜증 나게 먹더라고요. 뭘 자꾸 입에 넣고 우물거려서 그
런지 평소보다 훨씬 더 박진감 넘치게 못생겼어. 눈 뜨고
봐줄 수가 없어서 얼른 영상을 삭제했습니다. 품위를 크

게 잃지 않고 먹을 수 있는 견과류 가지고도 이 정도면, 햄버거나 짜장면 먹방은 상상도 하고 싶지 않네요. 먹방 프로 선생님들, 죄송합니다. 제가 경솔했습니다. 역시 프로는 프로군요. 존경합니다. 건강하십시오!

견과류 가격 비교를 통해
인생에 만족하는 법

높은 가격순 정렬 ⇩

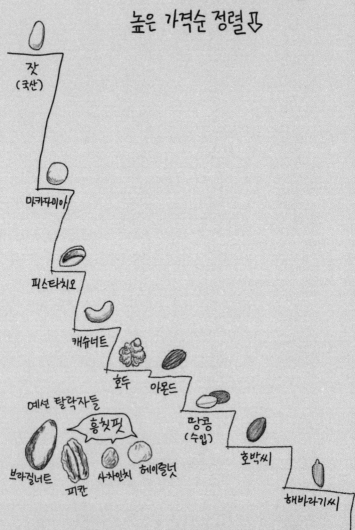

잣
(국산)

마카다미아

피스타치오

캐슈너트

호두

아몬드

예선 탈락자들

흥칫핏

땅콩
(수입)

호박씨

브라질너트

피칸

사차인치

헤이즐넛

해바라기씨

오…

내 취향은
중하위권.

비싸다고 꼭
맛있는 건 아니라
다행이야.

아보카도

그야 살이 찌죠. 기름 덩어리를 맨날 냉면 그릇만큼 먹었는
데. 왜 건강한 기름은 살이 안 찔 거라 착각했을까요. '건
강함'과 '날씬함', 둘 다 의심할 여지없이 바람직한 가치이
기에, 저도 모르게 '몸에 좋음'='바람직함'='날씬함'으
로 등치하는 오류를 범한 것 같습니다.

그런데, '날씬함'이 바람직한 가치라는 것에 의심할 여지가
정말 없을까요? 3초 정도는 의심할 만하지 않습니까? 왜
저는 석기시대 비너스 같은 몸이 될까 봐 불안에 떠는 겁니
까? 답을 뻔히 알고 하는 질문, 참 가증스럽지 않습니까?

살찌면 좆됩니다. 정확히 말하면 살찐 사람을 좆되게 만
들어야만 직성이 풀리는 미친놈들에게 꼼짝없이 나의 존
엄을 훼손당하게 됩니다. 중학생 때 길 가다가 살쪘다는
이유로 맞아본 적이 있습니다. 남자 고등학생이 주먹으로
제 머리를 세게 때리고 낄낄대며 지나갔죠. 그런 봉변은
단 한 번만 당해도 영혼이 구겨집니다. 더 큰일은 이 세상

이 변태라는 것입니다. 때린 놈을 혼내줄 줄 알았더니 놀랍게도 때리게 만든 쪽을 미워하고 괴롭히며 노는 쪽이 세상의 취향이더란 말입니다. 어떡합니까. 변태 세상에서 살아가려면, 저도 변태가 되어야죠.

길옆에 놓인 벽돌로 놈의 머리를 박살내는 상식적인 대응을 포기하고, 조용히 집에 가서 울고불고 격분하다가, 다이어트를 결심하고 스스로를 들볶다가, 쪘다 빠졌다를 반복하며 점점 뚱뚱해지는 자신을 혐오하는 미친 짓을 할 수밖에요.

근데 이 얘기를 왜 했지. 아, 손질하던 아보카도에서 짱돌만 한 씨앗을 꺼내다가 그만. 크고 실한 것이 그 미친놈 뒤통수에 힘껏 던져주면 딱 좋겠네요.

#다이어트 #건강식 #지중해 #북유럽 #채식 #미니멀라이프에 관심이 있다면 한 번쯤 건드려봤음직한 재료. 견과류를 구매하신 고객께서 높은 확률로 함께 구매하신 상

품. 아보카도. 저도 집적대봤습니다.

견과류만 해도 비싸지만 약간 곡식 같은 구석도 있고 하니 어찌어찌 생필품이라고 우겨볼 여지가 있겠으나, 아보카도는 불가능합니다. 빼도 박도 못하는 사치품입니다. 이렇게 헛바람이 들면 꿔보 노릇 못 하는데, 장기간의 금욕생활에 좀 지쳤던 것 같습니다. 네, 1원 한 푼에 벌벌 떨며목숨을 부지할 정도로만 소비하는 생활이 이제는 지겨웠고, 삶을 쓸데없이 윤택하게 만드는 것에 피 같은 돈을 날려버리고 싶었습니다. 그러기에 아보카도는 좋은 물건이었습니다. 그것은 건강하고 아름답고 감각적이고 부유한 성공 인생의 상징이었습니다.

생각해보면 아보카도를 알게 된 순간부터 맹목적인 동경이 시작됐던 것 같습니다. 그냥 그 과실의 존재 방식이 신기하고 흥미롭고 좋았습니다. 왜 이렇게 거대하고 기름진열매를 맺는 전략을 택했을까. 당분보다 비계를 만드는 게

훨씬 에너지가 많이 들 텐데, 대체 무슨 생각으로 이 나무
는 이렇게 과감한 진화의 길을 걷게 된 걸까. 생긴 것도 귀
티 나고 이뻐가지고. 아닌 게 아니라 인스타그램에서 아
보카도를 검색하면 한 폭의 그림처럼 아름다운 사진들이
주르륵 뜹니다. 정말 아보카도만 보면 이상하게 공들여
촬영하고 싶어집니다. 풋풋한 연두색과 따뜻한 병아리
색 물감을 한데 짜서 부드럽게 섞은 듯한 과육과 가운데
에 육중하게 자리 잡은 흑갈색 씨앗의 그 회화적인 색감
앞에서는, 없던 예술혼도 어떻게든 긁어모아 불태우게 됩
니다. 가히 식물성 지방계의 독보적인 마성의 힙스터 뮤
즈라 할 만합니다.

도대체 익는 건지 마는 건지 죽어라 딱딱하게 굴어서 사람
속을 태우다가 하루아침에 최고의 상태를 반짝 보여주고
서둘러 썩어버리는 그 지랄맞은 숙성 타이밍 또한 아보카
도의 치명적 매력을 더합니다. 열 알 중에서 다섯 알은 딱

알맞게 익은 걸 먹고 다섯 알은 썩은 걸 먹는 경험을 몇 번
하고 나면, 돌아버립니다. 하루에도 몇 번씩 아보카도의
안색만 살피고 자꾸 만지작거리게 됩니다. 이것은 집착받
기 위해 태어난 열매입니다. 견과류를 향한 사랑의 불꽃이
아보카도로 확 옮겨 붙었습니다. 얘도 기름이라 그런지 화
력이 좋더군요. 저는 광인처럼 아보카도를 사 모았습니다.
집에는 늘 일곱 알가량의 아보카도가 굴러다녔고, 서너 알
쯤 남을 때부터는 왠지 모르게 불안해져 얼른 몇 알을 더
사 와서 적정 수량을 유지해야 겨우 안심이 됐습니다.
그래서 아보카도가 그렇게나 맛있냐고 묻는다면, 말문이
턱 막힙니다. 모르겠어요. 솔직히 말해서 이게 이렇게 인
기가 있을 일인지 먹을 때마다 어리둥절합니다. 맛이 나쁘
다 좋다를 떠나 그냥 없어요. 무미. 청포묵을 간신히 면한
수준입니다. 나무에서 열리는 버터라고들 하지만 매끄럽
게 뭉그러지는 질감은 그럴싸하나 동물성 버터의 압도적

고소함과 농후한 맛에 갖다 댈 건 아니라고 봅니다.

혹시 싸구려만 먹어서 그런 걸까요. 네. 돈을 펑펑 쓰겠다고 해놓고 슬그머니 최저가를 검색하는 노랭이 근성, 차마 버릴 수가 없었습니다. 매대 위에 번듯하게 놓인 아보카도는 절대로 사지 않습니다. 초특가 떨이 상품이 되어 매대 아래에 널브러져야 삽니다. 거기에는 좀비처럼 짓무르고 곰팡이가 핀 것이 드물게 끼어 있습니다. 그냥 버리기 아까워서 곰팡이 없는 부분을 긁어 먹습니다(먹지 마십시오. 곰팡이가 핀 음식은 멀쩡해 보이는 부분까지 전부 오염된 상태라 합니다). 비 맞은 톱밥 맛입니다.

이런 개저질 아보카도를 먹다 혀가 썩은 걸까요? 비싼 건 좀 다를까요? 아니, 애초에 저는 아보카도 맛을 잘 못 느끼는 사람 같습니다. 돌이켜보면 질 좋은 아보카도를 넣어 만든 캘리포니아 롤을 먹을 때도 아보카도가 들어간 줄 전혀 몰랐고, 아보카도가 범벅된 요리인 과카몰리조차 질척

한 공기를 먹는 느낌이었습니다. 그럴 수 있죠. 입맛은 각자 다르니까요. 이상한 건 그럼에도 불구하고 꾸준히 아보카도를 사 모으는 저입니다. 맛있지도 싸지도 않지만 그냥 너라서 좋다, 그런 마음으로 아보카도에 계속 돈을 갖다 바칩니다. 눈 먼 사랑입니다.

왜 눈이 멀었느냐. 그것은 도박이기 때문입니다. 시간에 따른 상품 가치가 단기간에 극적으로 올라갔다 떨어지는데, 까맣고 두껍고 울퉁불퉁한 껍질 때문에 언뜻 봐서는 푹 익은 건지 썩은 건지 알 수 없다, 이러한 특성 때문에 싸구려 떨이 아보카도를 구입하는 행위에 짜릿한 스릴이 깃듭니다. 운 좋으면 헐값에 비교적 양질의 아보카도를 왕창 먹는 거고, 운 나쁘면 돈 주고 음식물 쓰레기를 사는 거죠.

마트 떨이 코너에서 건진 여덟 개 6,000원짜리 : 당첨 6 꽝 2! 재래시장의 여섯 개 3,000원짜리 : 당첨 3 꽝 3! 뽑기 기계에 푼돈을 쏟아붓고 원하는 장난감이 나오기를 바라며 플라스틱 캡슐을 까고 또 까는 아이와 전혀 다를 바 없는 뽑기 중독 상태인 것입니다. 멀쩡한 연두색 과육을 기대하며 온 동네의 싸구려 아보카도를 쓸어 모으고는 한 알 한 알 까봅니다. 정작 그 과육의 맛은 좋아하지도 않으면서, 쪼는 맛에 미쳐가지고.

치료가 필요할 정도로 심각한 아보카도 중독임을 확신하게 된 사건이 있습니다. 동생에게 전화가 왔습니다. 엄마가 타고 가던 승용차가 30미터 아래 절벽으로 추락했다고 합니다. 몇 초간 돌처럼 굳어 있다가, 아무 옷이나 잡히는 대로 꿰어 입고 동생이 알려준 병원으로 달려갔습니다. 가는 동안 '30미터' '승용차' '추락' 따위를 포털 검색창에 절박하게 쳐 넣고 또 쳐 넣었습니다. 대부분 사망 사고였습니다. 머릿속이 하얘졌습니다.

병원 응급실에 도착했습니다. 바삐 움직이는 의료진과 구조대원들 사이로, 눈을 감고 누운 엄마가 보였습니다. 달려가서 염소 같은 목소리로 엄마를 불렀습니다. 힘겹게 눈을 뜬 엄마, 저를 보며 말합니다.

"배낭 안에 버섯이 있는데, 살짝 데쳐서 물기를 꽉 짜놔라."

…네??

아니 유언을 이렇게 하시면….

다행히도 버섯 보관법을 유언으로 삼을 필요는 없게 되었습니다. 첩첩산중의 절벽 아래로 추락하던 엄마를 태운 차는, 23미터쯤에서 커다란 자작나무에 걸려 멈춰 섰다 합니다. 목뼈에 금이 가고 팔과 갈비뼈가 와장창 부러지긴 했지만 의식은 정상, 기타 치명적인 부상 없음.

구조대원 중 한 분이 엄마더러 종교가 뭐냐고 묻더랍니다. 그 높이에서 떨어지면 다 죽는다고. 말마따나 신이 굽어살핀 기적이었습니다. 서서히 안정을 찾아가는 엄마의 모습에 안도하며 돌아왔습니다. 집으로 가는 전철의 한구석에 자리를 잡고 나니 그제야 기운이 쭉 빠져서, 한동안 누가 밟고 지나간 연탄재 같은 꼴로 멍하니 앉아 있었습니다.

시간이 지나자 머리가 조금씩 돌아가기 시작했습니다. 그때 퍼뜩, 눈앞을 스치고 지나가는 이미지 하나가 있었습니다. "8개 5,000원." 황토색 골판지에 매직펜으로 휘갈겨 쓴 가격표. 집에서 황급히 뛰쳐나와 전철역에 들어가기 직전, 노점상에서 발견한 떨이 아보카도의 값이었습니다.

도착 후 그 노점상에 달려가서 아보카도 1만 원어치를 사 들고 집에 돌아왔습니다. 유독 물렁한 놈 하나를 시험 삼아 따봤습니다. 고맙게도 생생하게 살아 있는 연두색 과육. 숟가락으로 크게 한 입 떠먹었습니다. 입안을 크림처럼 부드럽게 감싸는, 희미하고 어정쩡한 기름의 맛. 여전히 맛이 있는 건지 없는 건지 도통 알 수가 없습니다. 하지만 하나는 확실히 알겠더군요. 엄마가 죽다 살아난 당일에 떨이 아보카도를 사 먹고 앉아 있는 제가 미친년이라는 거.

도박에 빠지면 에미 애비도 몰라본다더니 이게 딱 그 짝이

아닌지요. 어쨌거나 저쨌거나 앞으로도 저는 썩 맛있지도
않은 이 열매, 아보카도에 대한 기이한 집착을 영영 놓지
못한 채 벌게진 눈으로 싸구려 떨이 물건을 낚기 위해 전
국 방방곡곡을 돌아다니리라는 예감이 듭니다.

듣자 하니 미국 캘리포니아에 철을 잘 맞춰 가면 아보카도
를 개당 100원꼴에 살 수 있다더군요. 떨이 채집의 무대
를 전 세계로 확장하는 것도 괜찮겠네요. 모쪼록 자유롭
게 여행할 수 있는 세상이 어서 찾아오길 바랍니다.

안 익는 아보카도 익히는 법

가끔 죽어도 안 익는
아보카도가 있다

3주째 딱딱
초록색
환갑 때까지
안 익을 기세

수면양말에
아보카도를 넣으면
빨리 익는다기에
시도해봤지만
효과 없음

ZZZ
잠만
잘 자더라

최후의 수단 -
불에 익히자!
반으로 쪼개서

빠

깍

차력하는 줄

깍둑썰기 후
먹던 카레에 넣고
푹 끓임

맛있어!
카레가 맛있어!

...!

카레가 부드럽고
맛있어 졌다

아보카도는 그냥
무맛의 말랑한
깍두기 됨

고구마

코로나 시국이라 하여 삶이 크게 달라지지는 않았습니다. 어차피 만날 이도 없고 밥벌이는 끊겨가는 중이었으니, 늘 하던 대로 집에서 혼자 괴로워하면 될 일이었습니다. 굳이 따지자면 변해버린 세상이 저는 더 좋았습니다. 모두가 얼굴을 가리고, 신체 접촉을 극도로 경계하고, 곳곳에 소독제가 비치되어 있으며, 배달 음식을 문 앞에 놓고 가달라는 부탁이 유난스러운 것으로 치부되지 않는 세상. 늘 내쪽에서 눈치 보고 맞춰주기 급급했던 세상이 하루아침에 내 취향대로 변해버렸습니다.

얼떨떨하게 방구석에 누워 SNS를 살폈습니다. 친구들과 왁자지껄 어울려 놀지 못하게 된 마당발 파티 피플이 너도나도 고통을 호소하고 있었습니다. 그들을 구경하며 고소해하는 것이 꽤나 짭짤한 오락거리였음을 고백합니다. 흐흥, 우리 멋쟁이 친구들, 사람 못 만나서 아주 죽으려고 그러시네. 나만 쏙 빼놓고 지들끼리 대게 쪄 먹고 놀더니…

쌤통이다! 하지만 낄낄대는 것도 잠시. 기약 없는 거대한 고통에 짓눌린 세상이 무너져 내리는 풍경 앞에서는 웃음기가 가실 수밖에 없었습니다.

해가 지면 온 동네가 죽음 같은 적막에 잠겼습니다. 먹자골목의 터줏대감 밥집들이 줄줄이 망해나가고, 24시간 무인 카페, 아이스크림 가게, 부대찌개집이 그 자리에 버섯처럼 돋아났습니다. 어어어, 하는 사이 영악하고 부지런한 인간들은 무너진 세상에 잽싸게 달려들어 언택트, 블록체인, 멀티버스, NFT 따위가 써진 깃발을 마구 꽂아댔습니다.

심상찮은 느낌에 깃발을 자세히 살펴보려 하지만, 하도 정신없이 펄럭대서 뭐가 뭔지 잘 보이지도 않거니와 그나마도 딴것으로 자꾸 바뀝니다. 그 깃발의 주인과 깃발의 비밀 코드를 알아낸 눈치 빠른 이들은 보란 듯이 억만장자가 되고 돈 버는 방법을 팔아서 또 돈을 법니다. 불안하고 초조해 죽겠는데 뭘 해야 할지 모르겠습니다. 집에 갇힌 소심하고 무력한 영혼이 도망칠 곳은 뻔합니다. 영화, 드라마, 웹툰으로 대표되는 허구의 세계. 즉 저의 '나와바리'에 돈이 몰려드는 거죠.

명색이 만화가인 저는 마음이 급해졌습니다. 업자로서의 본능이 물 들어올 때 노 저으라고 발을 동동 굴렀습니다. 하지만 진짜 속마음은 '야, 내 쪽으론 물 안 들어와. 돈과 인기는 결국 또 근면하고 감각 있는 멋쟁이들이 쓸어갈 거야. 기대를 버려.' 네, 정확히 제 예측대로 됐습니다.

역병의 시대에 돈이 어디로 흘러갈지를 딱 맞혔고(웹툰을 많이 볼 것이다) 역시나 소수의 멋쟁이들만 떼부자가 됐습니다(플랫폼 사업자, 스타 창작자). 아빠와 동생은 흥분했습니다. 그들은 제 업계의 호황을 제 것으로 착각하는 듯했습니다. 금광 앞에 곡괭이까지 들고 섰으니 이제 금만 쓸어 담으면 된다고 생각하는 눈치였습니다. 그러면서 저에게, 〈오징어 게임〉의 아류작인 '꼴뚜기 게임'을 얼른 그리랍니다. 〈오징어 게임〉의 100분의 1만 성공해도 그게 어디냐며, 물 들어올 때 노 저으라면서. 저는 할 말을 잃었고, 아빠와 동생은 오징어를 꼴뚜기로 패러디 한 자기들의 톡톡 튀는 유머 감각에 만족해서 싱글벙글 난리가 났습니다. 어으, 꼴 보기 싫어! 저는 명백히 더 고통스러워졌습니다. 다 코로나 때문이었습니다.

이런 저를 비웃듯 더 큰 시련이 닥쳤습니다. 코로나 시국 최악의 고통은 이 난리통에 나 또는 가족이 중환자가 되는 것입니다. 추락 사고로 크게 다친 엄마가 입원한 뒤로 저는 엄마를 만날 수 없었습니다. 병원 출입이 전면 통제되었기 때문입니다. 간병인 한 사람만 빼고요. 그래서 저는 장녀 된 도리로 떨쳐 일어나 간병을 맡으려다가, 일하러 가버렸습니다. 간병은 아빠가 하기로 했죠.

죄책감의 가시방석에 앉아 일하던 중, 전화가 왔습니다.

엄마였습니다. 휴대폰을 덥석 들고 목 놓아 엄마를 외쳤습니다. 자신의 입원으로 차질이 생긴 이런저런 집안일을 걱정하는 엄마에게 저는 '걱정하지 말라! 내가 다 알아서 하겠다!'라며 책임지지도 못할 큰소리를 뻥뻥 쳤습니다. 엄마가 말을 이었습니다. "관리비도 내야 되고… 세금도 내야 되고… 고구마 잔뜩 심어놓은 건 어쩌나…." "걱정 마요, 엄마! 내가 싹 다 내고, 싹 다 캐버릴게!" "진짜??" 반색하는 엄마의 목소리에 퍼뜩 정신이 들었습니다.

아, 내가 또 망발을.

"농사지을래, 만화 그릴래?"

"만화요! 만화! 무조건 만화!!"

5년 전 일입니다. 만화를 그리기가 싫어 부모님 집으로 도망친 저는 잡초를 뽑다가 두 시간 만에 초주검이 되어, 위와 같이 울부짖으며 다시 서울로 도망쳤습니다. 농사는 정말 힘듭니다. 근골격계가 실시간으로 닳고 뒤틀립니다. 일

은 해도 해도 줄지를 않습니다. 반나절은 지났겠지 하고
시계를 보면 한 시간도 안 지났고 전체 밭의 극히 일부, 그
러니까 피자로 치면 30분의 1조각만을 겨우 작업한 상태
죠. 남은 30분의 29조각을 둘러보면 그 광활함에 눈앞이
캄캄해집니다. 좋고 싫고의 차원을 넘어 그냥 얼른 탈출
하지 않으면 죽겠다 싶습니다. 목, 허리, 팔다리 안 쑤시는
데가 없는 농부들이 절절히 이해가 가고, '농사나 지어야
지' 같은 몰상식한 관용구가 존재하는 세상이 도저히 용
서가 안 됩니다. 어찌 감히 '나' 따위를 붙입니까. 신성하
고 가혹한 이 농사라는 이름 뒤에.

하지만 버겁고 두려워 피하고만 싶었던 농사의 세계에 다
시 뛰어들 수밖에 없었습니다. 농사의 신보다 더 지독한 것
이 무엇이냐, 바로 죄책감에 미쳐버린 K장녀입니다. 이른
아침, 저는 호미를 들고 엄마의 고구마밭에 섰습니다. 간
병에서 도망친 죗값, 고구마로 치르리라!

왜 고구마가 감자보다 비싼지를 농부로서 체감했습니다.
감자의 형태는 대개 균일합니다. 동글동글하죠. 비교적
얕게 묻혀 있고요. 쑥쑥 잘 뽑힙니다. 생산자 입장에서 균
일함은 정말 고마운 덕목입니다. 다루기 편하니까요. 그런
면에서 고구마는 아주 속 썩이는 농산물입니다. 당구공
같은 것, 참외 같은 것, 구렁이 같은 것, 김장 무 같은 것…
생김새도, 묻힌 위치도 제멋대롭니다. 땅 위에 반쯤 드러
나 있어 쉽게 잡아 뽑히는 기특한 놈과 끝도 없이 땅을 파
내려가게 하는 골칫덩이가 뒤섞여 있습니다. 코빼기도 안
보이다가 엉뚱한 데서 두더지처럼 불쑥 튀어나옵니다. 어
쩔 수 없이 호미로 고구마를 찍는 사고가 생깁니다. 고구
마가 상처 나면 골치가 아픕니다. 찍힌 자국에서 뽀얀 진
액이 흘러나오는데, 여기에 흙이 엉겨 붙으면 칼로 긁어도
잘 안 떨어지는 고약한 딱지가 됩니다. 그런 게 또 잘 썩고
요. 크고 잘생긴 최상품 고구마를 호미로 콱 찍어버렸을

때의 낭패감은 이루 말할 수가 없습니다. 심장에 호미가 박히는 심정입니다.

언제 갑자기 고구마가 튀어나올지 몰라 조심조심 호미질을 했습니다. 흙바닥에 쪼그려 앉아 하는 호미질은 손목과 무릎을 갈아먹었고, 뭔가 다칠까 봐 신경을 곤두세우는 행위는 정신력을 팍팍 깎아먹었습니다. 해가 떨어질 무렵, 저는 완전히 탈진해 나자빠졌습니다. 아직 절반도 못 캤는데요. 분했습니다. 머리에 손전등을 달고 밤새도록 작업하려다가, 아차! 굶주린 밤의 불도저, 멧돼지의 존재를 깜빡할 뻔했습니다. 고구마에 환장한다죠, 멧돼지가. 깔끔하게 단념하고 다음 주를 기약하기로 했습니다. 고구마는 여러 개고 목숨은 하나이기에.

결론적으로 그로부터 일주일 뒤 저는 고구마를 하루 만에 다 캐는 데 성공합니다. 도합 0.2톤. 너무 힘들어서 골백번도 더 도망치고 싶었지만 어쨌든 해냈네요. 저한테 제가 제일 놀랐습니다. 게으른 방구석 지박령인 내가 어떻게 이 노동을 버텨냈지? K장녀의 죄책감이란 극심한 육체적 피로와 죄책감을 마비시킬 정도로 독한 약인 걸까? 그런 측면도 있겠지만 음식 버리는 꼴은 죽어도 못 보는 밥상머리 꼰대 정서가 발동한 탓이 더 컸던 듯합니다. 쌀 한 톨마다 농부의 정성이 들어 있으니 밥풀 남기지 말고 싹싹 긁어 먹으라는, 한 시대를 풍미했던 무지막지한 식사 예절교육 있잖습니까. 그 정신에 입각해서 저는 엄마가 정성껏 심은 피 같은 고구마를, 쥐젖만 한 것 한 개도 남김없이 밭에서 싹 훑어내버린 겁니다.

엄마는 무척 기뻐했습니다. 기뻐하는 엄마를 보니 저도 기뻤습니다. 엄마의 욕망을 욕망하는 K장녀의 노예근성이 짜낸 허위 기쁨일까요. 쥐젖만큼은 그럴지도 모르지만 목표 달성의 뿌듯함과 노가다 작업 특유의 건강하고 호쾌한 성취감에서 우러난 진짜 기쁨이 맞다고 생각하렵니다.

고구마 수확은 정확히 몸을 움직이는 만큼 일이 진행되고, 눈에 보이고 만져지는 결과물이 존재하며, 남은 업무량이 얼마만큼인지 바로 파악할 수 있습니다. 정서적으로 대단한 안정감을 주는 프로젝트죠. 게다가 발전하는 나자신을 느낄 수 있습니다. 더럽게 일 못 하는 저마저도 고구마를 10킬로그램, 50킬로그램, 100킬로그램쯤 캐고 나니 일이 늘더라니까요. 고구마의 위치에 대한 예지력이 높아지고 호미질에도 요령이 생겨, 막판에는 대부분의 고구마를 흠집 하나 없이 캐낼 수 있었습니다. 유능한 자신보다 사랑스러운 건 없습니다. 자아도취 마약에 빠지니 작업속도는 더욱 빨라졌죠.

약 60킬로그램의 고구마를 제 몫으로 나눠 받았습니다. 혼자서는 썩기 전에 다 못 먹을 것 같아서 크고 잘생긴 것들을 골라 지인에게 선물했습니다. 뜻깊은 작업이었습니다. 흔히 농작물을 자식에 빗대곤 하죠. 아닌 게 아니라

땅속 깊이 박힌 왕고구마를 캐낼 땐 정말 갓난애를 받아
내는 기분이 듭니다. 자식 같은 내 고구마. 아무한테나 못
줍니다.

내 새끼 천덕꾸러기 만들지 않고 존중하며 찌고 삶고 굽고
튀겨줄 사람을 엄선했습니다. 골라놓고 보니 기분 묘했습
니다. 내가 평소에 누구를 진정 아끼고 신뢰하는지가 고구
마로 인해 명확히 드러났기 때문입니다. 이따금 그들로부
터 이렇게 맛있는 고구마는 처음 먹어본다는 극찬을 받기
도 했습니다. 군고구마처럼 따끈한 기쁨에 목이 메었습니
다. 자식이 칭찬받으면 이런 기분인가요. 내 고구마의 가치
를 알아주는 자에게는 목숨도 바칠 수 있겠다고까지 생각
한 저 자신에게 흠칫 놀라고 말았네요.

육체노동을 통해 소박한 성취감을 자주 경험하고 좋아하
는 사람들과 호의를 주고받는 것. 이렇게 교과서적인 모범
활동으로 일상을 꽉 채워본 건 처음이었는데요. 행복했습

니다. 남은 인생 이렇게만 살아도 성공이겠다 싶을 정도로
요. 구겨진 자존감이 펴지는 게 실시간으로 느껴지더군
요. 고구마 농사의 힘입니다.

요즘에는 틈만 나면 저도 모르게 내년 농사 계획을 짜고
있더군요. 내년엔 이렇게 밭을 갈고, 저렇게 고구마를 심
고, 이건 이렇게 저건 저렇게 개선하고…. 참 나. 누가 보면
전문 고구마 농사꾼인 줄 알겠어요. 농사짓느니 차라리
만화를 그리겠다며 도망쳤던 게 엊그제 같은데, 요새는 만
화 한 컷을 그리느니 고구마를 하나라도 더 캐겠다며 밖으
로 뛰쳐나갈 기셉니다 아주. 적당히 하고 고구마를 소재
로 한 만화나 구상해봐야겠어요. '고구마 게임.' 혹시 또
모르죠. 세계적으로 대히트를 쳐서 넷플릭스에 드라마라
도 만들어질지.

그나저나 근래 들어 부쩍 심상찮은 예측이 자주 들립니
다. 기후 변화로 인해 인류는 곧 최악의 식량난을 겪게 될

것이고, 각국의 중요 산업으로 농업이 급부상한다는 것이
죠. 이미 빌 게이츠 같은 글로벌 큰손들이 농업에 막대한
자금을 투자하고 농토를 마구 사들이고 있답니다.

이것을 미래의 진정한 멋쟁이는 농부가 될 것이라는 예언
으로 받아들여도 될까요? 그중에서 주식도 되고 간식도
되고 식이섬유 풍부하고 맛도 좋은 건강 탄수화물인 고구
마 농부가 멋쟁이 중 최고가 될 거라 믿어도 좋을지요? 모
쪼록 이번에도 저의 예측이 적중하길 바라며, 부엌도 모자
라 침실에까지 굴러다니는 고구마 무더기에서 주먹만 한
놈 두어 개를 골라 쪄 먹습니다.

나만의 고구마 파티. 아, 진짜 너무 맛있다!

고구마 맛있게 굽는 법

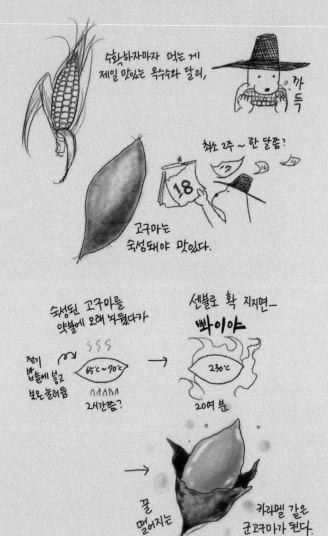

수확하자마자 먹는 게
제일 맛있는 옥수수와 달리,

까득

최소 2주 ~ 한 달쯤?

18

고구마는
숙성돼야 맛있다.

숙성된 고구마를
약불에 오래 뇌뒀다가

센불로 확 지지면—

빠이야

전기
밥솥에 넣고
보온 눌러둠

65℃ ~ 70℃

2시간쯤?

230℃

20여 분

꿀
떨어지는

카라멜 같은
군고구마가 된다.

하지만 나는
카라멜도
필요 없어
숙성도
뽑자마자
냅다 삶아버려!
귀찮아

퍼석
퍼석

달지 않고 건조한 이 질감이 좋다!

꾸
욱
꺽

역시 탄수화물은
목구멍을 뻑뻑~~하게
압박하고 내려가야
제맛!

밥과 김치

찬밥에 물 말아서 김치를 얹어 먹을 때마다 울적해지곤 했습니다. 푸대접받는 머슴이 된 기분이었습니다. 바로 그 점 때문에 꿔보가 되기로 결심하고 제일 먼저 떠올린 식단이 밥과 김치였습니다.

부실하게 먹고 사는 머슴이 주지육림에 빠진 양반보다 대체로 장수했던 것으로 압니다. 한 집안에 평생 근무하는 동안 양반 삼대가 괴질(성인병이겠죠)로 죽어나가는 꼴을 두 눈으로 똑똑히 지켜본 머슴들이 허다했다 하지요. 물론 머슴이란 노동 착취, 인격 모독, 멍석말이 같은 야만적 갑질에 걸려 비명횡사하는 엄청난 리스크가 있는 신분이지만, 다행히도 저는 백주대낮에 양반이 상놈을 패 죽이지(는) 않는 문명사회의 시민이지 않습니까? 안전한 방구석에서 머슴밥의 영양학적 가치만 쏙 빼먹을 수 있죠. 즉 최첨단 IT시대＋나 자신만을 위한 머슴살이＝장수를 향한 최고의 조합인 것입니다. 잘만 하면 천년만년 살 수도 있겠다 싶었습니다.

큰 착각이었습니다. 알고 보니 밥과 김치는 양반의 밥이었습니다. 쌀이 의외로 비싼 곡식입니다. 무게당 가격을 따지면 파스타가 쌀보다 쌉니다. 김치는 어떻습니까. 천일염에 절인 배추에 파, 마늘, 고춧가루, 젓갈 등 값비싼 양념을 듬뿍 넣은 노동집약적 발효 요리. 사치품이죠. 제대로 만들면 저렴한 게 이상한 식품입니다. 채소의 영양 성분을 싸게 얻으려면 마트에서 제철 채소를 사 먹는 게 낫습니다. 김치 없이 못 사는 사람만 아니라면.

장기간 해외에 나갔을 때 밥과 김치의 부재에 아무런 불편함을 느끼지 못했습니다. 몇 년간 그것들을 먹지 못한다 해도 그리움에 미쳐 날뛰는 일은 없겠다는 확신이 들었습니다. 몹시 기쁘고 안심이 되었습니다. 기껏 해외여행까지 와놓고 외국 음식은 느끼하고 냄새 나서 못 먹겠다며 부득부득 한식당만 찾거나 싸 갖고 간 라면과 김치를 먹고 만족스럽게 꺼억 트림하는 김치맨의 일화를 전해 들을 때면, 으— 싫다! 하고 치를 떨면서도 혹시 나도 김치맨이면 어떡하나 내심 걱정했거든요. 저 자신이 비교적 아무 데서나 잘 적응하는 입맛의 소유자임을 확인하니, 그것만으로도 세련된 코스모폴리탄이 된 듯한 착각에 가슴이 벅찼습니다. 누가 영어로 말을 거는 시늉만 해도 벌벌 떨며 도망쳤던 주제에.

사실 두 메뉴를, 정확히 말해서 한식의 백반 시스템을 늘 은은하게 미워하며 살아왔던 것 같습니다(그런 것치곤 공기밥을 잘도 추가해 먹긴 하지만). 밥은 홀로 서질 못합니다. 국이나 반찬을 거느려야 합니다. 밥, 국, 반찬 모두 식거나 갓 만든 게 아니면 만족도가 크게 떨어지는 음식입니다. 김치. 깊은 한숨이 나옵니다. 저는 김장 노동에 마지못해 끌려 들어갔다가 중간에 욕하고 도망친 적이 있습니다. 한 민족의 얼이 깃든 대표 음식이란 편의나 실용성엔 일말의 관심 없이 부엌에 종일 묶인 채 뼈 빠지게 음식을 만들고 데우고 관리하는 누군가의 정성을 당연히 전제하고 뻔뻔하게 설계한 음식이라는 인상을 지울 수가 없었습니다. 혼자 살게 된 이후 밥과 반찬을 거의 해 먹지도 사 먹지도 않았습니다. 첫 번째 이유는 단연 귀찮음이고 두 번째 이유는 돈, 그리고 전통의 탈을 쓴 악습에 대한 보이콧이 세 번째 이유입니다.

반면 부모님은 완고한 김치맨입니다. 특히 한식의 무자비한 노동량을 반백 년간 견뎌낸 인내심의 화신이자 집밥의 신봉자인 엄마는 제 건강을 걱정합니다. 밥과 김치를 안 먹으면 병이 날 텐데, 하고요. 흥미로웠습니다. 일전에 신촌의 한 식당에서 들었던, 중국 동북 지역 출신으로 추정되는 여성들의 대화를 떠올리지 않을 수 없었습니다. 특유의 박력 있고 유창한 한국어 억양으로 한 명이 말했습니다. 한국에 와서 맨밥에 김치랑 나물 반찬을 먹고 몸이 확

나빠졌다고. 그러자 말이 끝나기도 전에 테이블에 앉은 일
행 전원이 맞어! 맞어! 하며 앞다투어 맞장구를 치는 겁
니다.

세상에. 김치맨의 통념과 완전히 반대되는 그들의 단호한
자가 진단에 굉장히 놀랐던 기억이 납니다. 하긴 웬만한
재료는 다 기름에 볶아 먹는 분들이 갑자기 김치와 생채소
를 먹으면 속이 뒤집어질 만도 하겠습니다. 그런 거죠. 절
대적으로 이롭거나 해로운 식품도 물론 있겠지만, 개인의
체질과 문화·환경적 측면이 건강과 식생활 문제에 있어
좀 더 큰 요인이 아닌가 하는 생각을 점점 자주 하게 됩니
다. 일례로 저 같은 경우도 밥과 김치를 끊자 오히려 위장
에 탈이 나는 횟수가 크게 줄었거든요. 하지만 엄마는 저
만 보면 어떻게든 최대한 많은 양의 김치를 싸 주려고 했
습니다. 그때마다 짜증을 삼키며 거절해야 했죠. 지금까지
의 김치 거부 사유는 저 개인에 국한된 것이지만 외부로

운반하는 건 얘기가 다릅니다. 불특정 다수가 피해를 본다고요!

음식에 국물이 들어가면 운반이 매우 까다로워집니다. 김치에는 김칫국물이 있습니다. 무서운 놈이죠. 색깔도 시뻘건 게 끓이거나 얼리기 전까지는 발효를 멈추지 않습니다. 지독한 가스를 뿜어 포장 용기를 부풀리고, 가뜩이나 힘든 운반을 극한상황으로 몰고 갑니다. 시한폭탄 운반이 따로 없습니다. 자칫 잘못하면 국물이 새거나 터지는 비극이 벌어집니다. 김치 때문에 봉변당한 일화를 살면서 한 번쯤은 들어보셨겠지요. 비행기 선반에 몰래 넣어둔 김치 봉지가 터져서 외국인의 정수리에 김칫국물이 뚝뚝 떨어졌다든가, 짝사랑하던 누나가 만원 버스에서 책가방을 받아줬는데 가방 속 도시락에서 새어나온 김칫국물이 누나의 치마를 적셨다든가.

아! 전부터 저는 김치 망신 스토리를 유독 견디질 못했습니다. 이야기에서 김칫국물이 흘러나올 눈치면 서둘러 귀를 막곤 했죠. 타국에서 당한 차별과 멸시 그리고 가난했던 어릴 적 설움에 대한 한국인의 기억은 태반이 김칫국물로 얼룩져 있고, 어쩜 그렇게 수치스럽고 구질구질한지 제가 다 죽고 싶었습니다. 거기에 국 없으면 밥이 안 넘어간다는 반찬 투정 깡패들의 진상력까지 더해져(공교롭게도 그들 대부분은 김칫국을 좋아하더군요), 어느새 저는 김칫국물을 어글리 코리안의 푹 발효된 피·땀·눈물로 여기게 되었습니다. 그것을 한사코 떠안기려는 엄마에게 화가 났습니다. 혹시 엄마가 한국인이면 마땅히 품어야 할 그 피맺힌 한의 정서를 김치에 싸서 나눠 먹자는 건가 하고 배은망덕하게 의심하기도 했습니다.

용케 김치를 무사히 집에 가져와도 문젭니다. 냉장고에 김치 냄새가 배니까요. 딸기도, 아이스크림도, 케이크도 엄마의 냉장고에 잠깐이라도 들어갔다 나온 음식에서는 무조건 김치 냄새가 났습니다. 그게 너무 싫었던 저는 독립할 때 내 냉장고는 기필코 김치 청정 구역으로 만들고 말리라고 다짐했습니다. 물론 엄마는 냄새는 뭔 냄새냐며 끊임없이 제 냉장고에 김치를 들이밀었고, 저는 골키퍼처럼 냉장고를 막아서서 그것들을 쳐냈습니다. 애정 어린 공격이라는 걸 잘 알기에 냅다 후려갈기기도 뭐했습니다. 엄마가 상처 받지 않게끔 요령껏 손목 스냅을 사용해서 통, 하고 애교 있게 튕겨내야 했지요. 호의를 조심스럽게 거절하기란 아주 진 빠지는 일입니다.

이때 구세주가 나타납니다. 현대의 최신 건강 트렌드입니다. 전문가들이 입을 모아 경고하는 것이 정제 탄수화물과 염분의 과다 섭취입니다. TV와 유튜브의 건강 정보 영상만 놓고 보면, 당분·염분은 전 인류의 생명을 위협하는 21세기 최악의 빌런입니다. 그리고 그 두 성분이 많기로 소문난 음식이 흰 쌀밥과 김치죠. 건강 정보 프로그램의

주 시청층인 부모님은 경고에 즉각 반응했습니다. 잡곡으로만 밥을 짓고, 김치를 조금만 먹거나 물에 씻어 먹습니다. 그리고 무엇보다 중요한 것, 저에게 더 이상 김치를 강권하지 않습니다. 흙이 우수수 떨어지는 날배추를 통으로 갖다 줍니다.

저의 좁은 집에 우뚝 솟은 배추의 산을 망연히 바라봅니다. 시들시들한 배춧잎 한 무더기를 떼어 데쳐 먹고 나머지는 냉장고에 넣습니다. 반도 안 집어넣었는데 냉장고가 만원 버스처럼 터져나갈 듯합니다. 그래도 기분이 썩 나쁘지 않습니다. 벌겋게 흐르는 냄새 대신 초록색 부피로 가득한 냉장고 안에서는 누구도 망신당하지 않을 테니까.

김장철을 슬기롭게 보내는 법

다친 엄마 대신

아바타 김장을 담갔다.

난생처음 김장의 핵심 인력이 되고 깨달았다.

절대로 김장의 핵심 인력이 되지 마라!!

수확 다듬고 씻기 절이기 씻기 양념 준비 배추 물기 빼기

소금

(하룻밤) (2번~3회)

버무리기 김치통에 담기

타닥!

총 100포기!

모든 과정이 개힘들음

너무 힘들어서…

김장철이   수육   쌀밥

이런 생각을
해버리거나,

최고다… 고생이
눈 녹듯 사라지는
맛!

역시
한국인은
밥과
김치를
먹어야…!

100포기면
포기할 만도
한데~

와하하!

이런 개그에
웃어버리고 만다.

도망치자!

빵

암탉만 한 고구마 세 개를 먹었지만 허기가 가시지 않았습니다. 오븐에 고구마를 가득 밀어 넣고 또 새로 굽습니다. 달콤하고 따뜻한 향을 풍기며 익어가는 고구마를 멍하니 바라보며 생각했습니다. 망했다.

네, 농사일과 김장을 계기로 식탐이 터졌습니다. 갑작스럽게 고강도의 육체노동에 혹사당한 몸뚱이가 막대한 양의 칼로리를 원했던 것이지요. 고심 끝에 저는 몸의 요구가 정당하다는 결론을 내리고, 고구마 규제를 일시적으로 무제한 해제합니다. 끼니당 반 개로 엄격히 제한되던 고구마 섭취량이 한 개, 두 개, 세 개, 네 개 빠르게 늘어났고, 나중에는 개가 아니라 근 단위로 마구 먹어치우게 되었습니다. 그런데도 속이 허했죠. 절망했습니다. 간만에 찾아온 이 더러운 느낌. 탄수화물 중독입니다.

부랴부랴 기강을 잡아봅니다. 그만! 내가 분명 일시적이라고 했을 텐데? 이미 늦었습니다. 단맛을 본 몸은 제 경고를 무시하고 더 많은 고구마를 탐했습니다. 그것도 모자라 더 센 것에 손을 대기 시작했죠. 빵이요.

아무거나 실컷 먹어도 건강이 유지되는 초능력이 생긴다면, 저는 살아 있는 내내 빵을 입에 달고 다닐 겁니다. 빵은 사랑입니다. 욕망하는 음식을 폭식하는 공상으로 성장기의 숱한 밤을 지새웠는데, 그 음식은 주로 빵이었습니다. 주인 없는 빵집의 한가운데 홀로 앉아서 다람쥐 볼따구니가 되도록 양손에 든 빵을 번갈아 먹어대는 것이 공상의 단골 레퍼토리였습니다. 어딜 뜯어봐도 매혹되지 않을 도리가 없습니다, 빵이란 존재는.

냄새부터 압도적입니다. 밀가루, 설탕, 버터의 혼합물이 뜨거운 열기에 갈색으로 익어가며 내뿜는 그 향. 모든 문화권에서 사랑받는 냄새일 것입니다. 상차림 필요 없이 아무 데나 들고 가서 한 손으로 먹기 좋은 간편함 또한 완전 쿨하고요. 맛? 말해 뭐합니까. 쾌락을 빻으면 밀가루가 될

겁니다. 위대한 밀가루. 촉촉, 바삭, 묵직, 말랑, 쫀득, 푹
신… 인간이 좋아하는 거의 모든 식감을 구현할 수 있는
유용함과 어떠한 맛과도 기가 막히게 어우러지는 친화력
에 먹을 때마다 전율합니다.

하나 아쉬운 것은 그 쾌락이 너무나 빠르고 허망하게 사
라진다는 것이었습니다. 이에 어린 저는 기발한 해결책을
냅니다. 계속 먹는 겁니다. 흐름이 끊기지 않게 계속 입에
집어넣었습니다. 달고 짜고 기름진 빵만을요. 바게트나 호
밀빵처럼 건강하고 담백하고 속에 뭐가 들어 있지 않은
건 거들떠도 안 봤습니다. 그런 건 빵이 아니라 건축자재
였죠. 크림빵, 피자빵, 소시지빵, 도넛, 꽈배기, 치즈케이크
등등 딱 봐도 질펀한 것들을 한 번에 열 개 이상 먹어치웠
습니다.

불꽃같은 사랑. 덕분에 건강이 잿더미가 되었습니다. 비만
과 위염과 십이지장궤양과 역류성 식도염으로 저의 열렬

한 빵 사랑은 파국을 맞게 됩니다. 그게 벌써 기십 년 전의 일. 그때의 고통을 이 나이에, 뒤늦게 찾아온 불꽃 같은 빵 폭식으로 인하여 또다시 겪어야 하는가. 무서웠습니다. 하지만 무섭다고 멈춰지면 그게 중독인가요.

허기진 채 거길 들어가는 게 아니었습니다. 예수도 이웃을 욕하고 부처도 카드 빚을 지게 할 아름다운 욕망의 지옥 소굴. 꿰보가 가장 피해야 할 SNS, 인스타그램. 맙소사. 접속하자마자 두둥! 빵 사진이 뜨더군요. 날 꿰뚫어보고 혹할 만한 사진을 띄워 보낸 인공지능 알고리즘의 영악함에 소름이 돋았습니다. 하지만 외롭고 허기진 우리는 나를 알아주는 존재 앞에서 결국 무장 해제될 수밖에 없잖아요. 이내 저는 알고리즘이 들이미는 빵의 관능미에 대책 없이 푹 빠져들었습니다. 종일 구경해도 지겹지 않았습니다. 인스타그램이라는 매체와 빵은 정말 찰떡궁합이더군요. 얼굴만큼 인기 있는 피사체 아닐까 싶어요. 까놓고 말해, 대체로 사람이 빵보다 못생겼죠.

어찌나 빵 구경에 미쳤던지 얼마 안 가서 웬만한 지역의 유명 빵집과 인기 아이템을 눈 감고도 줄줄 읊을 지경이 되었습니다. 이 동네는 팥빵·크림빵·밤식빵·맘모스빵, 저 동네는 도넛·앙버터·빨미까레·크로플·크루아상, 그 동네는 까눌레·마들렌·피낭시에·잠봉뵈르….

국사 시험공부가 따로 없었습니다. 지역과 특산물을 연결 짓는, 출제 빈도가 꽤 높았던 그 단원을 염불처럼 외웠던 때가 생각나더군요. 강화도 하면 뭐다? 화문석. 영문도 모르고 외웠던 화문석. 쓰임새도, 생김새도 하나도 모르고 그저 시험에 나온다니까 뇌에 무작정 쑤셔 넣었던 화문석. 뭔가 했더니 아주 참하게 생긴 돗자리더군요.

그래서 이 지식 얻다 써먹을까요. 내친 김에 사업 구상이나 할까요. 벽이 쩍쩍 갈라진 초가집에 화문석을 펼쳐놓고, 그 위에다 순무◆빵과 참성단◆◆빵을 얹어놓고 파는 겁니다. 빵 모양은 인스타그램에 올리기 좋게끔 이쁘고 참신하게, 속은 지역 빵의 숙명에 따라 팥앙금(순무 추출물과 참성단 돌가루 0.0001퍼센트 함유), 운 좋으면 힙하다고 소문나고, 팥앙금으로 어르신들 입맛까지 사로잡아 명절 선물용으로 주문이 폭주할지도…. 그런 망상에 흐뭇해하다가 통통한 빵이 반으로 찢어지며 슈크림을 울컥 쏟아내는 움짤을 보고, 사업이고 뭐고 흐지부지 잊어버리고 다시금 남이 만든 빵 구경에 정신없이 빠져버렸습니다. 저는 절대로 사업하다 패가망신하지 않을 자신이 있습니다. 안 할 거거든요.

그나마 빵을 사 먹을 정도의 추진력은 있었습니다. 소위 빵지순례라 하죠. 저는 이곳저곳을 부지런히 오가며 머릿

- 보랏빛이 돌고 무와 비슷하게 생긴 강화도의 채소.
- 단군이 하늘에 제사를 올리기 위해 쌓았다는 제단. 강화 마니산에 위치.

속에 맴도는 그 핫한 빵들을 하나둘 맛보았습니다. 인기 많은 가게에선 하염없이 줄을 서야 했고 원하는 빵이 눈앞에서 품절되는 낭패를 겪기도 했지만, 즐거웠습니다.

톨스토이가 그랬다면서요, "행복한 가정은 모두 모습이 비슷하고 불행한 가정은 모두 제각각의 모습으로 불행하다"고. 글쎄요. 저는 행복도 퍽 다채로운 모습으로 존재할 수 있음을 매번 빵집에서 느끼는걸요. 고로케와 마카롱과 초코소라빵이 품은 행복의 색깔이 얼마나 제각각으로 알록달록하냔 말입니다. 그것들을 눈과 입으로 감상하는 것만으로도 복 받은 인생입니다. 과장이 아니라 정말로요. 생존이 아닌 쾌락만을 위한 음식이 끝없이 쏟아지는 세상을 사는 건 인류 역사를 통틀어 쉽게 누리기 힘든 호사라고 생각합니다. 그래서 불안합니다. 지금이 인류 역사의 최정점이 아닐까? 흥청망청 빵 먹다가 조만간 멸망하지 않을까? 동시에 이런 생각도 듭니다. 실은 인류가 아니라이 성격이 문제고 내가 망한 것 같다고요.

늘 최악을 가정하고 불안에 떠는 소심한 성격. 이 때문에 인생의 많은 부분을 헛되이 보냈습니다. 급기야는 안 입고, 안 먹고, 안 쓰고 집에 혼자 처박혀서 불 다 끄고 아무도 안 만나기에 이릅니다. 이런 인생을 보통 망했다고 평가하죠.

언제까지 쾌락을 눌러 참고 1년 365일 보릿고개 넘듯 살 것인가, 삶에 근본적인 회의가 들었습니다. 가늘고 길게, 그것이 과연 장수를 보장하는 최선의 자세인지도 의심스러워졌습니다. 대단히 위태롭고 리스크가 큰 전략으로 보였습니다. 상식적으로, 가늘면 짧지 않겠습니까? 쉽게 끊어질 테니까요. 길고 안정적인 삶을 위해서라도 굵어질 필요가 있었습니다. 절약이 능사가 아니다, 돈 써본 놈이 남의 돈도 잘 가져오는 법, 온갖 물건을 펑펑 사재껴서 좋은 게 뭔지를 빠삭하게 아는 놈이 사업해서 대박을 터뜨리더

라, 이런 생각들로 마음이 부글부글 끓어올랐습니다. 과
연 칼로리 폭탄답네요, 빵. 몇 개 좀 먹었다고 아주 온몸에
서 욕망의 휘발유가 활활 타오릅니다.

빵 먹방을 틀어놓고 곳곳에서 사 온 빵을 꾸역꾸역 먹었
습니다. 굵게 산다는 게 빵 먹고 몸통이 굵어지라는 뜻은
아닐 텐데, 섭취한 열량만큼 생산적으로 살라는 의미일
텐데, 일은 뒷전이고 냅다 빵만 먹었죠. 영상 보고 빵 먹
고, 영상 보고 빵 먹는 나날이 반복되었습니다.

그러다 묘한 사실을 알게 되었습니다. 여러 음식 중에 빵
을 집중적으로 폭식하는 사람들 대부분이 심한 다이어트
강박의 경험자라는 겁니다. 빵을 생전 좋아하지도 않았는
데 심한 다이어트 후 집착이 생겼다는 고백은 빵 폭식자
들 사이에서 상식이 될 정도로 흔한 것이었습니다. 왜 하
필 빵일까, 제 경험에 비추어 생각해봤습니다. 다이어트에
돌입하면 탄수화물부터 끊죠. 자연히 결핍만큼의 욕구불

만이 생깁니다. 이를 해소하지 않고 억누릅니다. 욕망이 폭주합니다. 더욱 세게 억누릅니다. 정신을 놔버립니다. 금기 중에 제일 무시무시한 금기를 박살 냅니다. 바로 정제 탄수화물 대마왕, 빵 폭식이죠. 밥 한 공기면 충분히 채워질 욕망을 웨딩케이크 몇 판을 먹어도 모자란 괴물로 키워버린 겁니다. 숨도 못 쉴 지경까지 빵을 먹고 혈당이 치솟을 때면, 빵이란 음식의 쾌락 요소만을 똘똘 뭉쳐 만든 기획 상품이자 식품공학의 쾌거—합법의 테두리 안에서 구할 수 있는 최대한의 쾌락 물질—음식의 탈을 쓴 마약·허상·신기루·거품·비눗방울 따위의 관념과 이미지의 파편들이 어지럽게 뒤섞여 머릿속을 떠다닙니다.

금욕 생활을 때려치우고 빵의 세계에 뛰어들자 급속도로 심신이 피폐해졌습니다. 빵을 먹는 것이 점점 제 몸과 통장에 저지르는 자학 행위처럼 느껴졌습니다. 이렇게 먹으면 안 되는데! 이렇게 돈 쓰면 안 되는데! 가난한 뚱보가

될 거라는 두려움이 끼니마다 숨통을 조여와 차라리 풀만
먹던 시절로 돌아가는 게 낫겠다 싶었습니다. 하지만 빵
폭식을 멈출 수가 없었습니다.

지푸라기를 잡는 심정으로 다이어트 건강빵이라는 것을
알아보았습니다. 휴대폰 반 토막만 한 것들이 무지하게 비
싸더군요. 심지어 효과도 없었습니다. 그것조차 제 입엔 지
나치게 맛있어서 폭식했거든요. 어느덧 제과 제빵과 다이
어트 산업, 이것들이 외모 지상주의 사회 아래 아주 서로
짭짤한 공생 관계를 맺고 있는 건 아닌가 하는 음모론적
색안경을 끼게 되더군요. 의욕 가득한 다이어터에게는 무
설탕·무버터·무계란, 고단백·저칼로리 건강빵을 팔고 누
적된 스트레스에 미쳐서 입이 터져버린 자포자기 다이어
터에게는 욕망의 칼로리 폭탄 빵을 먹여 통통하게 살을
찌운 뒤 다이어트 파트로 다시 올려 보내는, 탈출 불가능
한 무한 동력 산업구조의 톱니바퀴에 콱 끼어버린 기분이

든단 말이죠.

나이 들고 좋은 점은 전처럼 대책 없는 자학의 늪에 빠져 들지는 않는다는 것입니다. 자학 외길 인생 40년의 경험에 따르면 그것은 사태 해결에는 하나도 도움이 안 되고 기분만 더 나빠집니다. 외모에 미친 세상과 돈독이 오른 인간들과 미치도록 맛있는 빵을 탓하기로 한 저는 아침·점심·저녁으로 끊임없이 중얼거렸습니다. 빵은 음식이 아니다. 상품이다. 마약이다. 아무리 먹어도 너는 만족을 못하고 계속 돈을 쓰고 또 쓸 것이다. 거지가 될 때까지. 이것은 과장된 협박이 아니라 현실이었습니다. 한 끼에 1,000칼로리 넘게 먹어도 허기가 져서 자꾸 사 먹다 보니 돈이 무섭게 나갔습니다. 위염과 역류성 식도염이 다시 도졌습니다. 옷 갈아입다가 달마대사처럼 튀어나온 배를 보고 깜짝 놀랐습니다. 매일의 자기최면과 통장 잔고와 복부 비만의 시각적 경고 효과에 힘입어, 저는 빵을 끊을 수 있었습니다.

단, 예외. 내가 직접 구운 건축자재 같은 빵은 먹어도 됩니다. 밀가루와 물과 이스트만 넣어 빵을 굽습니다. 여기저기 터지고 못생겼지만 냄새는 누룽지처럼 구수합니다. 한 김 식혀서 식빵 두께로 썹니다. 위에 데친 취나물을 잔뜩 얹어 먹었습니다. 입안 가득 몰아치는 산뜻하고 건강한 맛. 욕망이 다 죽어버리고 마음이 무덤처럼 차분해졌습니다.

초간단 빵 만드는 법 ⟨무반죽⟩

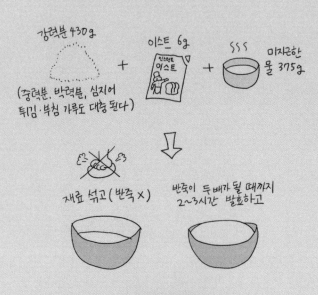

강력분 430g

(중력분, 박력분, 심지어
튀김·부침 가루도 대충 된다)

+ 이스트 6g + 미지근한 물 375g

재료 섞고 (반죽 ×)

반죽이 두배가 될 때까지
2~3시간 발효하고

230°C로 예열된
오븐에 굽는다.

30분
~ 45분

(예열 안 해도 대충 된다)

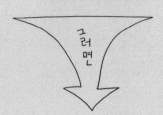

그러면

어디 내놓긴
부끄럽지만

겉은
딱딱
하고

속은 약간
떡진
느낌
겉딱
속떡

나만의
햄 치즈 잼
받침대로서는

그런 대로
쓸 만한 빵이
나온다.

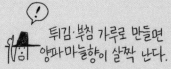
튀김·부침 가루로 만들면
양파마늘향이 살짝 난다.

고기

인간은 역시 지나치게 똑똑하고 재주가 많아 탈입니다. 그러니 빵 같은 미친 물건을 만들어내는 것입니다. 자연계에서는 상상도 못 할 칼로리가 압축된 빵.zip. 이런 쾌락을 당연하게 누려서는 안 됩니다. 다시 원재료만을 먹는 간결한 삶으로 돌아가야겠다고 생각했습니다.

인간이 찧고, 빻고, 갖은 솜씨를 부리지 않은 먹이. 재료 생전의 모습이 최대한 살아 있는 것을 사다가 굽고, 찌고, 삶아 먹는 삶에 복귀하기로 합니다. 자연의 산물 그대로의 것을 먹으면 빵으로 섭취 가능한 칼로리의 반도 안 되는 시점에서 배가 차게 되어 있습니다. 하지만 빵의 빈자리가 너무 컸습니다. 그 맛있는 걸 끊고 다른 것을 먹으려니 시시해 견딜 수가 없었습니다. 빵의 망령에 맞서 싸울 체급이 되는 재료를 빨리 섭외해야 했습니다. 아무래도 그것은 고기였습니다. 족발을 2킬로그램쯤 먹으면 이런 저라도 빵 못 먹습니다. 고기의 야성적인 중량감이 필요한 시점이었

습니다. 헌데, 나한테 그럴 자격이 있나? 저만치 멀어진 줄
로만 알았던 자학의 족쇄가 또다시 저를 옥죄기 시작했습
니다. 고기는 피에 젖은 먹이입니다. 동물의 생명을 빼앗아
만든 것입니다. 돈도 못 버는 주제에 뭘 맛있는 걸 먹느냐
며 스스로를 다그쳤던 제가 시답잖은 이유로 고기를 먹겠
다고요? 풀만 데쳐 먹을 때나 지금이나 뭐 하나 나아진 게
없는데 왜? 감히? 무슨 명분으로? 그런 귀한 자원은 빌 게
이츠나 일론 머스크같이 세상을 쥐락펴락하는 떼부자 분
들이나 잡숴야 하지 않을까요? 지구상 가장 승리한 종인
영장류 중에서도 가장 찬란한 승리자가 되어야 전리품인
고기를 당당하게 섭취할 자격이 있지 않겠습니까?
아니죠. 뭔 쓰레기 같은 노예근성이야. 양질의 영양분은
누구에게나 고르게 공급되어야 합니다. 하지만 쓰레기 근
성에서 마냥 자유롭지 못한 것도 사실이라, 일하지 않는
자 먹지도 말라는 오래된 격언에서 한 발짝 더 나아가 '이

기지 않은 자 고기 먹지 말라'라고 믿는 편입니다. 저는 패배자인 저에게 고기를 허락하기 싫었습니다.

이렇듯 저는 매사를 이기고 지는 문제로 해석하려는 경향이 강합니다. 제 세계관 내에서의 승리는 대체로 뭔가를 만들어 파는 것이고 반대로 뭔가를 구입하는 행위는 패배입니다. 판매자의 상술에 넘어간 거죠. 예컨대 유명한 빵집은 맛과 장사 수완을 인정받은 승리자고 그 앞에 길게 줄을 선 나는 돈과 시간을 갖다 바치고 잉여 칼로리를 받아온 패배자입니다. 무대 위의 연예인은 매력 발산으로 부자가 된 승리자고 돈 내고 객석의 이름 모를 관객 1인을 자처하는 나는 패배자입니다. 인기 만화가는 자신만의 세계를 창조해낸 승리자고 그 세계에 몰입하여 울고 웃고 애태우며 코인을 지불하는 나는 패배자입니다.

근데 저 만화가잖아요. 왜 이렇게 망한 것 같죠?! 네. 막상 제가 창작자가 되고 보니, 인기 없는 작가만큼 너덜너덜한 패배자가 없고 내 창작물의 게재권으로 돈을 버는 플랫폼과 평가 권력을 쥔 독자만큼 무시무시한 승리자가 없더군요. 그렇다고 인기가 있었을 때 승리감에 도취되었느냐면 딱히 그렇지도 않았어요. 독자들이 언제 돌아설지 몰라 불안에 떨기만 했죠. 승패의 세계관은 장단점이 명확한 해석의 틀입니다. 정신 바짝 차리고 승리를 향해 전력 질주하게 하는 각성제 역할을 하기도 하지만 쓸데없는 우월감과 열등감의 원인이 되기도 하죠. 하지만 그 세계관을 가지고도 이기려는 노력을 하지 않는 자는, 아무런 장점도 없는 불행의 지옥에 영원히 빠지게 됩니다. 진짜 무서운 건 뭔지 아십니까? 진정한 지옥문은 아직 열리지도 않았다는 겁니다. 이 성격으로 사랑에 빠지면, 진짜 곡소리 납니다.

희고 투명한 피부에 마른 몸매, 적게 먹고 과묵하고 어쩌다 입을 열면 모두가 주목하는, 친구 많고 일 잘하고 몸에 걸친 모든 것이 멋진 사람, 조칠성(가명). 별다른 성과도 못 내면서 종일 먹을 궁리만 하는 나를 한창 미워하던 때, 우연히 조칠성을 알게 되었습니다. 속수무책으로 그에게 빠졌습니다. 살면서 숱한 짝사랑을 해왔지만 이렇게 격렬한 경우는 또 처음이었습니다. 그에게 다짜고짜 돌진해서는 좋아한다, 결혼하자 생난리를 쳤습니다. 조칠성은 행패나 다름없는 제 고백에 흥미를 느끼는 눈치였습니다.

매일매일이 황홀하고 기분이 나빠서 어쩔 줄을 몰랐습니다. 그와 함께하는 시간은 좋았지만 그 시간 내내 그와의 매력 대결에서 패배한 기분이었습니다. 네네. 승패의 세계관으로 해석하기에 딱 좋은 게임이 또 사랑 아니겠습니까. 더 많이, 더 먼저 사랑하면 지는 겁니다. 눈치채셨겠지만 저는 늘 지는 쪽입니다. 패배감이 너무 고통스러워서 내가 다시 누굴 좋아하면 미친년이라며 이를 갈아놓고 얼마 지나지 않아 똑같이 그 짓을 반복합니다.

사랑은 더러운 역병이고 저는 면역이 전혀 안 된 인간이

었습니다. 통제력을 잃고 상대에게 목매는 스스로를 증오
하며 이 엿 같은 병에서 빨리 벗어날 방법이 없나 안달복
달하는 제 사랑은, 늘 구차하고 망신스럽게 끝났습니다.
갑자기 닥친 감정에 당황하고 불쾌해하다가 이상한 타이
밍에 급발진해서 구토하듯 고백하는 인간. 누가 받아줍
니까. 반면 조칠성은 사랑을 정말 존중할 줄 아는 사람이
었습니다. 사랑하는 상대방은 물론 사랑에 빠진 자신의
모습, 사랑하는 감정 그 자체 등등 사랑과 관련된 모든 것
을 진심으로 즐기고 사랑했습니다. 사랑도 빈익빈 부익부
를 사랑하는 모양인지, 사랑을 사랑하는 사람은 언제나
더 많은 사랑을 누리게 되더군요. 그는 무수한 고백을 받
았고 설령 그가 누굴 먼저 좋아한다 해도 상대방 또한 곧
그를 좋아하게 되었습니다. 보아하니 원하는 상대와 못 사
귀는 일 따윈 그의 사전에 없는 듯했습니다. 사랑에 대한
기본자세와 승률 모두 월등히 빼어난 조칠성 앞에서, 저는

뼈가 쑤시는 패배감에 시달렸습니다.

조칠성과 매일 통화했습니다. 90퍼센트, 제가 먼저 걸었죠. 가끔 같이 밥을 먹었습니다. 식사 전날엔 항상 시험 전날처럼 긴장이 되었습니다. 식성과 식사 예절이란 호감도를 크게 좌우하는 것이고 또 사람이 뭘 먹는 꼴은 추해 보이기 십상이라, 좋아하는 사람과의 식사 자리는 짜릿한 살얼음판일 수밖에요. 더군다나 그는 소식하는 채식주의자였습니다. 저는 폭식잡식자고요. 식성마저 고결한 사람. 채소와 과일 정도만 귀찮은 듯 깨작대다 무심히 수저를 놓고 의자 등받이에 몸을 축 기대는 조칠성의 모습은, 마치 우아하고 퇴폐적인 엘프 같았습니다. 부러웠습니다. 저는 특별히 주의를 기울이지 않으면, 그릇을 덮칠 듯 공격적인 자세로 오크처럼 와구와구 먹습니다. 저도 좀 음식을 무심히 대해보고 싶건만, 그게 참 쉽지가 않더군요.

식탁에 둘러앉아 먹을 것을 앞에 두고 대화할 때 음식은 안중에도 없이 떠드는 부류와, 대화에 참여는 하지만 시선은 줄곧 음식에 고정된 부류가 있죠. 전 무조건 후자입니다. 음식은 언제나 제 집중력을 쪽 빨아갑니다. 그러니 좋아하는 사람과 음식을 먹으면 난감해지죠. 두 개의 강렬한 존재감 사이에서 혼란스러워하다 멘탈이 박살 나고 맙니다. 그래서 그 박살 난 멘탈로 어떻게 했느냐. 조칠성의 모든 말을 간신배처럼 따라 하며 비위를 맞췄습니다. "아, 토마토 진짜 좋아요." "맞아요. 토마토 진짜 좋죠." "월남쌈은 정말 회화적인 음식이죠." "그초. 회화적이죠." "표고버섯은 별로예요." "그러게나 말입니다. 표고가 참 별로죠." "…." 기분 탓일까요. 조칠성의 얼굴에 슬쩍 경멸 어린 표정이 스친 듯했습니다. 하긴 그럴 만했죠. 매력 없는 연애 상대로 세 손가락 안에 드는 것이 자아 잃은 열성팬이니까. 영혼 없는 식사 후 자리를 옮겨 차를 마십니다. 만남의 횟수가 거듭될수록, 대화는 점차 생기를 잃었고 침묵의

시간이 길어졌습니다. 속이 바짝바짝 탔습니다. 조칠성은
명백히 저에 대한 흥미를 잃어가고 있었습니다. 내 모든 표
현력과 유머 감각을 끌어모아 조칠성을 웃기고 감탄하게
해야 하는데, 나의 비범함에 무릎 꿇게 해야 하는데! 그
조바심이 저를 더욱 뻔하고 매력 없는 열성팬으로 만들었
습니다.

동태눈깔로 먼 산을 바라보던 조칠성. 자기도 답답했던 모
양인지 제 눈앞에 휴대폰을 내밉니다. 고양이 사진입니다.
저는 반사적으로 외쳤습니다. "와아 귀여워!" 아 뭐야. 좀
더 독창적으로 반응했어야지! 다행히 조칠성의 얼굴 가
득 미소가 번집니다. 제 새끼 칭찬받은 자 특유의 따사로
운 학부형 미소. 그 미소에 저는 힘을 내어 한마디를 덧붙
입니다. "품종묘는 아닌 것 같고…." 조칠성의 표정이 싸
늘하게 굳었습니다. 심장이 철렁 내려앉았습니다. 왜 이렇
게 지껄였지? 남의 집 애 족보 따위엔 전혀 관심 없거든요.

예나 지금이나 저에게 동물의 품종이란 주인이 말해주면 그런가 보다 하고 까먹는 아무래도 좋을 정보입니다. 그런데 대체 왜?? 조칠성에게 특별한 인간으로 각인되고픈 뜨거운 열망에 뇌가 구워져서 오작동을 일으킨 걸까요? 그렇지 않고서는 어떠한 재치도 독창성도 없는 품종 같은 단어를 입 밖에 낸 이유가 설명이 안 됐습니다. 근데 뭐 말한 놈의 입장을 설명해봐야 뭐합니까. '그럴 의도가 아니었다'는 뻔한 변명이나 늘어놓을 것을. 중요한 건 언제나 들은 자의 해석과 대응이지요.

품종묘 발언 이후, 조칠성은 최대한 예의를 갖춰서 제게 벽을 쳤습니다. 말은 안 해도 느낄 수 있었습니다. 그가 나를 인종차별자 취급한다는 것을. 내가 인종차별자라니?! 굉장히 신선하게 억울했지만, 없는 말재주에 섣불리 해명을 시도했다가는 더 깊은 수렁에 빠질 것 같아서 하나 마나 한 말들로 어영부영 시간을 때우다 헤어졌습니다. 그게 조칠성과의 마지막이었습니다.

인스타그램에 조칠성이 남긴 자취만을 멍하니 보고 또 보았습니다. 주로 개와 고양이 사진들. 복스럽게 찹찹 밥을 먹어대는 반려동물들의 사진마다 사랑이 넘치는 그의 코멘트가 붙어 있었습니다. 하루만 조칠성의 고양이가 되고 싶다는 생각을 반사적으로 떠올린 나 자신을 죽여버리고 싶었습니다. 아무나 쉽게 갖다 쓰는 발상을 할 거면 살지를 말자. 어차피 이제 조칠성과 사귀기는 글렀으니, 기발하고 독특하고 골 때리는 평생 못 잊을 단 하나의 존재로서 그의 기억 속에 뿌리를 콱 박아버리자. 그것만이 내 자존심을 지키는 방법이라 생각했죠. 아니 실은 그렇게라도 비참함을 잊으려고 발악했다는 게 정확한 표현일 겁니다.

문득 사진 속의 개 밥그릇에 시선이 닿았습니다. 육식을 혐오하는 그가 사랑하는 육식동물들을 위해 정성껏 차려준 다른 동물의 살점. 심사가 확 뒤틀렸습니다. 야, 너는 식물이 아닌 건 비위가 뒤틀려서 죽어도 못 먹는 애가, 짐 승한테 짐승을 먹이는 짓은 어떻게 할 만한가 봐? 숭고한 새끼. 벌레만 보면 아주 기겁을 해가지고 살충제를 뿌려대는 주제에. 그거는 종차별 아니니? 귀엽고 복실복실한 애들만 편애해? 네 생명 존중의 실체란 결국 털가죽 페티시 내지는 얼빠질 아냐?? 자신은 채식을 하면서 동거하는 육식동물에게 고기를 주는 행위를 딱히 모순적이라고 생각하지는 않습니다. 그러나 단 한 사람, 조칠성이 그러고 있는 건 너무너무 짜증 나고 꼴 보기 싫었습니다. 뭐, 이때의 저는 증오심에 미쳐서 조칠성이 세계 평화를 위해 목숨을 바쳐도 개쓰레기 같은 놈이라고 욕했겠지만요.

홧김에 반려동물 쇼핑몰에 들어갔습니다. 양뇌, 오리혀, 오리똥집, 타조똥집, 타조염통, 토끼간, 캥거루꼬리, 악어고기, 돼지불알, 소좆 등 일반 정육점에서 쉽게 보기 힘든 동물들의 다양한 부위가 절찬리에 판매되고 있었습니다.

상품평이 퍽 좋더군요. 애들이 잘 먹어서 흐뭇하대요. 조칠성이 그토록 사랑하는 작고 귀여운 털짐승들이 말입니다. 질 수 없죠. 괴상한 호승심에 휩싸인 저는 그 낯선 고기들을 마구잡이로 주문했습니다. 헉 소리가 날 만큼의 거금이 나왔지만, 가입 축하 적립금을 써서 2,000원을 깎으니 뭐 대단한 이득이라도 본 마냥 기쁘더군요. 조삼모사 원숭이처럼요.

이틀 뒤, 묵직한 아이스박스가 집 앞에 도착했습니다. 뚜껑을 여는 순간 움찔했습니다. 샘플 사진을 보고 어느 정도 각오는 했지만 실물은 상상 이상으로 그로테스크했습니다. 단순히 모양새가 징그러웠다기보다, 내가 지구 최강의 잔혹한 도살자 영장류임을 생생하게 일깨우는 어떤 섬뜩함이 박스 안에 있었습니다. 어쩐다… 그냥 갖다 버려? 설마요. 그럴 순 없죠. 엄연한 식량 자원을 쓰레기통에 폐기하는 것은 꿔보 세계관 최악의 패륜 행위입니다. 우리가 죽여버린 동물에 대한 최선의 애도는, 그 사체를 겸허히 씹어 먹고 몸에 흡수함으로써 그들의 원혼을 일평생 짊어지고 가는 것입니다. 징그럽다고 외면하는 게 아니라요.

진심으로 그렇게 생각했습니다. 갓 쪄내어 모락모락 김이 나는 양뇌, 오리혀, 오리똥집, 타조똥집, 타조염통, 토끼간, 캥거루꼬리, 악어고기, 돼지불알, 소좆을 눈앞에 두기 전까지는. 모양도 모양이지만 뜨거운 김을 타고 올라와 코를 짓누르는 생소한 육향에 그 무엇도 입에 넣을 엄두가 나지 않았습니다. 아무렴 초면이니 거북하죠. 소, 닭, 돼지의 살코기에도 특유의 냄새가 있지만 먹다 보니 익숙해졌잖아요. 그러니 이 냄새도 결국 적응해낼 겁니다. 하지만 머릿속에 떠오르는 수많은 물음표를 억누를 수 없었습니다. 도대체 왜? 굳이? 무엇을 위해? 가뜩이나 먹을 거 많은 세상에 뭘 또 힘들게 적응씩이나 해가면서 잡아먹는 동물의 종류를 늘리려고 합니까? 맛있지도 않고, 싸지도 않고, 아무런 실익도 없는데?!

답은 뻔했죠. 이게 다 조칠성에 대한 미련과 뒤틀린 인정
욕구 탓 아니겠습니까? 쇼핑몰에서 주문한 고기를 기다
리는 내내 반복해서 상상했던 것이 있습니다. 쪽팔림을
무릅쓰고 써봅니다. "(나한테) 삶아주니 (내가) 맛있다고
잘 먹네요. 이걸 먹은 뒤부터 (내가) 부쩍 건강하고 명랑해
지고 눈물 자국도 사라졌어요." 제가 남긴 상품평에 낚인
조칠성이 '좋아요'를 누르고 장바구니에 소좆을 담습니
다. 곧이어 그 상품평 작성자의 정체를 깨닫고 놀라서 기
절하지요. 저는 쓰러진 그의 등짝을 즈려밟고 위풍당당하
게 외칩니다. 봐라! 네놈이 불가촉 인종차별자 취급했던
나를! 종족의 귀천을 가리지 않고 모조리 먹어치우는 진
짜 박애주의자인 나를, 똑똑히 지켜보라고 이 새끼야! 이
러한 변태 막장 시나리오를 머릿속에서 몇 번이고 재생하
며 흐뭇함에 부르르 몸을 떨었단 말입니다.

수저를 내려놓고 자아 성찰에 들어갔습니다. 그만하자. 여기서 더 추해지면 끝장이다. 고기들을 전부 냉동실에 쓸어 넣고 침대로 기어들어 갔습니다. 머리끝까지 이불을 덮어쓴 채로 밀려드는 회한과 수치심, 무력감 등등을 한동안 곱씹었지요. 그러다 지겨워져서 유튜브를 켰습니다. 기발하고 독특하고 골 때리기로 둘째가라면 서러운 관종들의 지옥탕. 때마침 추천 영상으로 먹방이 뜹니다. 아이고야. 웬 남자가 거머리와 지렁이를 먹네요. 그렇습니다. 하드코어 식재료를 먹고 시선을 끄는 것도 이미 레드오션이될 대로 된 현실. 처음부터 저에게 승산은 없었습니다. 설령 이 멍청한 치킨게임에서 살아남은 최후의 1인자가 되어 조칠성에게 불멸의 또라이로 기억된다 한들, 제게 남는것은 무엇일까요.

행복의 기준을 남에게 두면 불행뿐이라는 지당한 자각이그제야 겨우 들었습니다. 내 페이스대로 느릿느릿 평화롭

게 맥반석 타조알이나 만들어 먹기로 했지요. 반짝 신이
났습니다. 흐흐, 이거 꽤 기발한 발상 아닌가? 맥반석 타
조알 만들기! 그러다 어딘지 석연치 않은 예감에 검색해보
니, 세상에. 그마저도 벌써 누가 3년 전쯤 유튜브에 올렸더
군요. 아아 유튜브, 과연 없는 게 없는 인류 최대의 기행
저장소. 피곤해 죽겠네요. '특별하고 독창적인 나'라는 허
상에 이제 더는 집착하지 않기로 했습니다. 그러자 갑자기
집착을 놓으라는 스님들의 설법 영상이 추천 목록 최상단
에 뿅 뜨네요. 네 의식의 흐름 따위 부처님 손바닥 안이라
는 듯. 할 말을 잃었습니다. 당해낼 수가 없어요. 사랑도,
먹방도, 유튜브 알고리즘도. 으, 징글징글해! 전 여기서
나갈게요. 승패와 무관한 방구석에 처박혀, 있는 듯 없는
듯 살아가는 꿔보의 삶이 역시 제일입니다.

아, 냉동실의 고기들은 거리를 떠도는 육식동물 친구들에
게 나눠주기로 했습니다.

할리우드 악당처럼 고기 먹는 법

언젠가부터 할리우드
액션영화를 볼 때
몹시 신경 쓰였던 것.

착한 놈은 건강식을 먹지 않는다.

반면 악당은 질좋은 채소와 고기에 집착한다.

신선한 어린잎 샐러드와
사슴 스테이크로.

피 뚝뚝 떨어지는
레어로 조리해서
잔혹성을
강조

신선한 농축산물을 마음껏 먹는
부유층에 대한 박탈감과 적개심이
미국 대중의 보편적 정서인 건지,

그냥 정크푸드에 대한 국민들의
뜨거운 사랑이 반영된 건지
모르겠지만...

어쨌든 이렇게 먹으면
천하의 쓰레기 싸이코패스
악당 확정이겠군...

양뇌   돼지   타조
      불알   똥집   소좃

응징!

퍽 퍽

술

지금까지의 먹이는 어쨌건 '음식'이었습니다. 피가 되고
살이 되고 에너지가 되는, 말하자면 생필품에 해당하는
것이었습니다. 생필품. 없으면 하루도 못 살지만 늘 곁에
있는 것은 욕망을 자극하지 않습니다. 물이나 공기랑 딱
히 섹스하고 싶진 않잖습니까? 네네. 피를 태우고 살을 깎
아먹는 국가가 허락한 마약, 합법적인 것 중에 가장 매혹
적인 물질, 영양학적 가치가 0에 수렴하는 깡통 칼로리의
제왕, 술과 겁도 없이 몸을 섞기 시작했다는 얘기지요. '빵
중독이 웬 말이냐 이왕 망칠 몸, 중독계의 정통 클래식 알
코올중독으로 가버리자!'라는 느낌으로.

타고난 술꾼은 아니었습니다. 달고 부드러운 것만 찾는 어
린애 입맛에 알코올은 쓰고 역겹기만 했습니다. 그러다 깔
루아밀크라는 칵테일을 만났습니다. 할리우드 영화 속 주
인공에게나 허용된 특권인 줄 알았던 칵테일이 눈앞에 놓
여 있다는 흥분감은, 첫 한 모금에 당혹감으로 바뀌었습

니다. 아는 맛이잖아, 이거! 녹은 바닐라 아이스크림에 더
위사냥 쪼끔 소주 쪼끔 섞은 거 아냐! 거창한 무언가를 기
대했던 저는 크게 실망했습니다. 하지만 입은 순식간에
잔을 비우고 바로 '한 잔 더'를 외쳤죠. 유지방과 설탕의
단맛, 세상에서 제일 무서운 아는 맛. 거기에 알코올 특유
의 날카롭고 치명적인 독극물 향이 슬쩍 섞여 들어가니,
그렇게 관능적일 수가 없는 겁니다. 끝도 없이 마시고 싶더
군요. 깔루아밀크. 제 음주 인생의 이유식입니다.

음주인으로서의 깜찍한 첫발을 내디딘 후, 한동안 초심자
답게 달콤한 술에 푹 빠져 지냈습니다. 편의점에서 쉽게
살 수 있는 KGB나 머드셰이크 같은 거. 엄청 먹고 다녔지
요. 말이 음주지 엄밀히 말하면 청량음료에 중독된 초딩
의 행태와 다를 바 없었습니다. 설탕의 단맛에 취해 술을
먹는, 사실상 초장 맛으로 회 먹는 수준의 음주였죠. 하지
만 곧 알코올 자체의 맛, 그 얼얼하고 화사한 풍미를 즐기

게 되면서부터 자연스레 찾는 술의 당도는 낮아지고 도수
는 높아졌습니다. 무한정 높아질 줄 알았던 선호 도수는
18도 언저리에서 그쳤습니다. 발효주가 도달할 수 있는 최
고의 도수가 18도라죠.

확실히 제 취향은 맥주, 막걸리, 와인, 청주와 같은 발효주
쪽입니다. 맑고 영롱한 증류주는 숨 막히게 독하고 씁쓸
한 것이 과학실 알코올램프의 연료 같아서 먹기는 싫고
자꾸 불을 붙이고 싶더군요. 영양소와 불순물이 뒤섞인
걸쭉─한 발효주의 맛이 인간미 있고 좋죠. 가격도 무시
못 합니다. 발효주 코너는 다채로운 싸구려 술의 천국입니
다. 먹다 보면 금방 배불러서 많이도 못 먹어요. 싼값에 취
기도 얻고 배도 채울 수 있다, 가성비에 집착하는 꿔보에
겐 눈이 번쩍 뜨일 얘깁니다. 더 맛 좋고 비싼 술이 세상에
많고 많겠지만 그 맛 끝끝내 모르고 죽어도 좋습니다. 아
니, 모르고 죽기를 바랍니다. 한번 높아진 입맛은 절대 아

래로 내려오지 못한다는 말만큼 저를 두렵게 하는 저주
는 없습니다. 없는 살림에 입만 고급이면 깡통 찹니다. 최
저가와 최고가의 격차가 엄청나게 큰 주류의 세계에서 철
딱서니 없이 그랬다가는 빛의 속도로 패가망신합니다. 술
처먹는 것도 괘씸한데 거기서 또 맛있는 걸 밝힌다? 곤장
맞아야 됩니다, 진짜.

"이건 술을 부르는 메뉴네요." "해장하러 갔다가 국물
한술 뜨고 바로 소주 주문했습니다." 여럿이 모인 식사 자
리나 온라인의 맛집 리뷰에서 이런 평을 심심찮게 보고 듣
게 됩니다. 절대 동의할 수 없다고 생각하며 가식적인 맞
장구를 치곤 하지요. 술 마실 때 안주 필요 없거든요, 저
는. 밥 먹을 때도 술 생각 안 나고요. '전국민 인생조합'으
로 자리 잡은 치맥에도 별 감흥이 없습니다. 그야 치킨, 맥
주, 둘 다 미치도록 사랑하죠. 다만 둘의 조합이 과연 세간
의 호들갑만큼 그렇게 엄청난 시너지 효과를 발휘하는가

가 의문이라는 겁니다. 막걸리에 파전도, 삼겹살에 소주
도, 뭔가 정략결혼 해놓고서 금슬을 과시하는 쇼윈도 부
부 같은 느낌이 있습니다. 저는 그냥 술만 먹는 게 좋습니
다. 속 버릴까 봐 오이, 양배추, 샐러리, 견과류 약간을 마
지못해 곁들이는 정도. 그러니까 저에게 안주는 위장 보호
용 건강식품으로 기능할 때 최고의 의미를 지닙니다.

말 나온 김에 말하자면, 저는 OO랑 XX는 꼭 같이 먹어줘
야 한다는 속칭 '국룰'적 정서에 꾸준히 거부감을 느꼈던
것 같습니다. 먹어'줘'야 한다는 표현부터가 벌써 뒷걸음
질을 치게 합니다. '줘'라는 저 글자에서 남의 설렁탕에 다
짜고짜 깍두기 국물을 부어놓고 이게 제대로 먹는 거라며
껄껄대는 자들과 비슷한 악취를 느낍니다. 식당에서 제시
하는 조합에도 자주 저항합니다. 어지간하면 패스트푸드
점에서 세트 메뉴 안 시킵니다. 햄버거 단품만 먹습니다.
샐러드에서는 소스를 빼고 돈까스 정식에서는 밥을 빼고

짜장면에 나오는 단무지 반찬 안 먹습니다. 커피만 마시거나 케이크만 먹습니다. 홍어도 굳이 삼합이란 프레임에 가두고 싶지 않아서 수육 따로, 김치 따로 먹습니다. 맛있는 걸 더 맛있게 먹으려고 이것저것 겹쳐 먹는 행위가 저는 불편합니다. 이 불편함에 강력한 정당성을 더하는 건 가격입니다. 세트 메뉴보다 단품이 무조건 한 푼이라도 더 쌉니다.

네. 몸은 비록 당분과 알코올로 더럽혀졌어도 골수에 박힌 꿔보 근성 안 죽고 시퍼렇게 살아 있었죠. 덕분에 주변에 사람이 없습니다. 하나라도 덜 먹고 한 푼이라도 덜 쓸 궁리만 하는 사람에겐 놀자고 하기도 뭣하지 않습니까. 식당 측은 말할 것도 없이 싫어하죠. 이것저것을 꼭 같이 먹어줘야 하는 손님이 우르르 몰려와야 객단가가 확 올라서 매출에 도움이 되지, 저처럼 혼자 와서 싼 것만 골라 먹고 사라지는 얌체는 자영업자의 살림살이에 큰 도움이 되

지 않습니다. 제가 가슴 깊이 동경하는 것 중 하나가 소박
하고 따스한 단골 레스토랑에서 사장님과 너스레를 떨면
서 친구들이랑 진탕 먹고 마시며 웃고 즐기는 삶인데요.
그게 다 이유가 있었네요. 제 성향상 그것은 절대로 이룰
수 없는 꿈이기 때문입니다.

영화 〈반지의 제왕〉에서 절대반지를 끼면 세상천지가 온
통 형광색 도토리묵처럼 보이면서 없던 힘이 솟아나고 아
주 난리가 나죠. 얼근하게 술에 취한 제 상태가 딱 그러합
니다. 취기가 적당히 오르면 거칠고 험한 세상 한없이 말
랑해지고, 작정한 일은 뭐든 해낼 수 있을 것 같고, 지구촌
누구와도 절친이 될 수 있을 것만 같습니다. 처음에는
와― 취하는 거 왜 이리 좋지 알 게 뭐람 너무 신나 히히
히! 이러다가, 문득 어떤 점을 깨닫고 아득한 기분이 들었
습니다. 술이 유독 심하게 왜곡하고 마비시키는 것은, 제
가 극심한 열등감을 느끼는 영역이었습니다.

열등감 때문에 미쳐버리겠다고 친구들을 만날 때마다 하소연을 했습니다. 제 말에 흠칫 놀란 그들이 말합니다. 지가 열등감이 있는 걸 입 밖에 내는 인간은 처음 봤다고. 열이면 열 똑같은 반응에 제가 더 놀랐습니다. 아니 그럼 대체, 어떻게들 열등감을 처리하고 삽니까? 혹시 나 빼고 다 열등감이 없나요? 설마? 사촌이 땅을 사면 배가 아픈 게 국민병인 나라에서?! 어안이 벙벙해진 채로 온라인과 오프라인의 사람들을 관찰했습니다. 그리고 곧 알게 됐죠. 나만 빼고 다들 묵묵히 잘 처리하고 있다는 것을. 누군가는 열등감을 자기 발전의 원동력으로 하얗게 태워버리고, 누군가는 잘난 사람을 시기 질투하거나 해코지하며 열등감을 풀고 있었던 겁니다. 어떤 방식이든 조용하고 은밀하게요. 후자의 못난이들은 물론 높은 확률로 비참한 최후를 맞지만, 적어도 그 음습한 에너지로 힘차게 제 무덤을 파는 열정만큼은 저보다 훨씬 우월하다 봅니다.

한마디로 다 큰 성인들이 알아서 눈치껏 대소변 가리는 판
국에 저 혼자 벌떡 일어나서 똥 마렵다고 소리친 꼴이었
죠. 친구들의 반응이 조금은 이해가 됐습니다. 하긴 저도
"내가 열등감이 있다!"라고 육성으로 내뱉는 인간은 저
빼곤 보지 못했고, 봤다 해도 딱히 해줄 말을 못 찾았을
겁니다. 민망해서 술을 마셨습니다. 친구들 중 제가 제일
빨리 취했습니다. 쓰레기 같은 제 주량에 열등감이 든다
고 말했습니다. 사방에서 주먹이 날아왔습니다.

눈빛만 봐도 마음이 통하고 서로를 끔찍이 아끼는 소울메
이트니 베프, 절친, 뭐 그런 관계를 늘 꿈꿨습니다. 현실에
서는 그런 관계를 못 가져봤다는 뜻이죠. 친구가 아예 없
지는 않습니다. 위에서 보셨듯 고민을 들어주고 적절히 주
먹질도 해주는 자들이 있습니다. 죄다 10년 지기, 20년 지
기입니다. 하지만 그 세월의 숫자는 분식회계장부의 부풀
려진 매출 같은 것으로, 실제로 그들과 긴밀하게 보낸 시간

은 턱없이 적습니다. 하나같이 저랑 성깔이 비슷해서 희한한 구석에서 예민하고 괴팍하고 1년에 한 번만 만나도 너무 자주 보는 것 같고 지나치게 질척대는 듯하고 금세 할 말이 바닥나서 했던 말 또 하고 또 하다가 어색한 침묵에 빠지기에, 6년 근 인삼 수확하듯 만나야지 서로 편합니다. 유난히 외롭고 슬펐던 어느 날, 인간관계에 문제가 있다는 생각에 반성의 시간을 가졌습니다. 늘 그렇듯, 문제는 저였습니다. 누군가와의 관계가 일정 수준 이상으로 깊어지면—1) 조만간 얘는 내가 질려서 떠날 것이다. 2) 얘 뭔가 이상하다. 더 친해지면 좆될 것 같다.— 이 두 가지 걱정에 사로잡혀 얼른 벽을 치고 도망쳤기 때문입니다. 원인이 파악되니 더 암울해졌습니다. 이 버릇 영영 못 고칠 것 같아서요. 두 걱정 모두 현실이 되어 저에게 깊은 상처를 준 적이 있거든요.

생각하는 사람 조각상 포즈로 한참을 고뇌하다가, 현자

들의 말씀을 되새기며 떨쳐 일어났습니다. 외로움이 괴로움보다 낫다. People=Shit. 힘차게 편의점으로 달려가 술을 잔뜩 사 옵니다. 맥주 한 캔에 헝클어진 마음이 풀리며 실실 웃음이 납니다. 취하면 마음의 갑옷이 벗겨지며 저 자신이 다정하고 흥겨운 사람으로 거듭나는 듯한 착각이 듭니다. 그래서 술자리가 좋았습니다(계급장 뗀 안전한 구성원들만 모였다는 전제하에). 다 함께 너그럽고 훈훈한 광기에 휩싸여서 너 참 이쁘다, 멋지다, 사랑한다 말하며 얼싸안고 개주접을 떠는 그 순간이 너무나 행복했습니다. 염분 부족한 짐승들이 소금 바위 핥듯, 저는 사회적 동물로서 채워야 할 최소한의 유대감과 신체 접촉을 그때를 틈타 허겁지겁 채웠던 건지도 모르겠습니다. 웬만해서는 먼저 연락하지 않는 저이지만 술김에 미친 척 그리운 사람들에게 전화를 걸었습니다. 누가 먼저랄 것도 없이 뜨겁게 반가워하고 신나게 근황을 나눈 뒤 이틀 간격으로 와다다

술 약속을 잡았습니다. 며칠 뒤 찾아온 약속의 시간, 저는 아무 데도 나가지 않고 방구석에서 혼자 술을 마시게 됩니다. 약속의 반은 이런저런 이유로 취소됐고, 나머지 반은 누가 먼저랄 것도 없이 흐지부지 까먹었기 때문입니다. 이래야 내 친구들이지. 이래야 나지.

과속방지턱을 베개 삼아 밤새 차도에 드러누워 잤다더라, 왼쪽 주머니엔 골뱅이 오른쪽 주머니엔 소면을 넣어 왔다더라, 브이 자 손가락으로 부장님 콧구멍을 쑤셨다더라…. 위태롭고 황당한 무용담을 자랑스레 늘어놓는 술꾼들을 경멸하면서도, 과연 필름이 끊긴 내 모습은 어떨지 기대 반 우려 반을 안고 궁금해했습니다. 사람들을 두고두고 웃길 에피소드의 주인공이 될지도 모른다는 기대감, 그리고 이성이 마비되면 겨우 억눌러놨던 분노, 슬픔, 열등감, 공격성이 다 튀어나와서 씻을 수 없는 추태를 떨거나 범죄의 가해자나 피해자가 되면 어쩌나 하는 두려움.

호기심은 이 두 감정을 비벼 먹으며 날로 커져만 갔죠.
맥주와 막걸리와 복분자주를 섞어 먹고 떡이 된 날, 호기
심은 허무하게 쪼그라들었습니다. 저는 유쾌하고 무모한
고주망태도, 범죄형 개망나니도 아니었습니다. 개노잼 구
토 머신이었습니다. 평소와 비슷하게 행동하다 갑자기 토
합니다. 적정 주량을 넘기면 위장이 뒤집어지고 오장육부
가 비틀리는 듯한 욕지기가 치밉니다. 이때 딱 그 욕지기
만큼 강력한 억압 기제가 발동합니다. 공공장소에 결코,
절대, 죽어도 민폐를 끼치면 안 된다!! 가방 입구를 딱 입
크기만큼 벌리거나 외투의 소매와 옷깃을 여며서 복주머
니 모양으로 만듭니다. 거기다 정확히 맞춰 토합니다. 그
출력물을 꼼꼼히 포장해서 소중하게 부둥켜안고 집에 오
지요. 과정은 기억나지 않습니다. 눈 떠보니 방 침대에 똑
바로 누워 있더군요. 복주머니를 껴안고. 휴. 말이 복주머
니지 그게 복입니까. 그것의 생산과 운반과 언박싱에 이르

기까지, 연인과 친구와 시민과 공익근무요원의 크고 작은
희생이 있을 수밖에 없었습니다.

2018년의 크리스마스. 실로 오랜만에 멋쟁이들의 홈파티
에 초대되었습니다. 몹시 흥분한 저는 권하는 술을 마다않
고 넙죽넙죽 받아마셨고, 결국 또 속이 뒤집어졌습니다.
화장실로 뛰어 들어갔죠. 머릿속을 지배한 생각은 단 하
나, 결코, 절대, 죽어도 멋쟁이네 화장실을 더럽혀선 안 된
다!! 문을 단단히 걸어 잠갔습니다. 화장실 전체를 복주
머니로 만든 거죠. 그리고 미친 듯이 변기를 닦았습니다.
한 시간, 두 시간, 세 시간… 밖에서는 문을 쾅쾅 두드리며
제발 나오라고 했지만 저는 죄송합니다… 아직입니다…라
고 중얼거리며, 눈앞의 변기를 우주에서 가장 깨끗한 물체
로 만들 기세로, 지문이 닳도록 닦고 또 닦았습니다. 곧 시
커먼 어둠이 저를 덮쳤습니다. 눈 떠보니 새벽빛에 푸르스
름하게 물든 낯선 천장. 멋쟁이들은 어디론가 사라졌습니

다. 머리를 쥐어뜯으며 그 집을 몰래 빠져나왔습니다. 그
날 만났던 모든 멋쟁이들과는 연락이 끊겼습니다. 앞으로
한 번만 더 필름이 끊기면 지구에서 뛰어내리기로 했습니
다. 아직까진 용케 잘 붙어 있네요.

결혼하지 않는 인생을 택했으나 꼭 해야만 한다면 상대는
효모로 하고 싶습니다. 빵과 술을 만들 줄 아는 세계 유일
의 기술자이고, 온도만 맞춰주면 밤새도록 일할 정도로 근
면 성실하고, 결정적으로 본인의 의사와 상관없이 저한테
결혼당하고 혹사당해도 인상 한 번 쓰지 않고 심지어 잡
아먹힐 때조차 불평 한마디 안 할 만큼 착하고 헌신적인
효모. 이런 일등 신랑감은 본 적이 없습니다. 그래서 마음
이 어수선할 때면 술을 빚습니다. 흰쌀밥에 적당히 물을
붓고 빵 만드는 이스트(효모의 영어 이름)를 몇 꼬집 섞어
따뜻한 침대맡에 놓아둡니다. 한나절쯤 지나면 밥알이 위
아래로 떴다 가라앉았다를 반복하고, 들릴 듯 말듯 소리

가 납니다. 술 익는 소리죠. 발효통에 가만히 귀를 대어봅니다. 효모가 뱉는 탄산 방울이 보글보글 뽁뽁 터지는 그 소리. 그 어떤 사랑의 속삭임도 이보다 감미롭진 않을 겁니다. 빠르면 5일, 늦으면 한 달쯤 숙성한 뒤 체에 거릅니다. 성질 급한 저는 10일을 넘기지 않고 거릅니다. 홈메이드 막걸리 완성. 두근대는 마음으로 맛을 봅니다. 우와. 끔찍합니다. 태어나서 먹은 술 중에 제일 맛없었어요. 모든 걸 효모 탓으로 돌리고 이혼하려다가, 남은 막걸리를 빵 만들고 세수하고 발 씻는 데 쓰고 난 뒤 마음을 돌렸습니다. 어쨌든 이보다 유용한 신랑도 드무니까요. 모든 음식이 그렇지만, 술은 정말 남이 만든 걸 먹어야겠습니다.

세상에 건강한 음주는 없다는 기사를 보았습니다. 술은 그것이 접촉하고 지나간 모든 내장 기관에 문제를 일으키고 심혈관계 질환 발병률을 높인다고 합니다. 단 한 잔도 나쁘다네요. 젠장. 적당한 음주는 몸에 좋다는 속설을 지

푸라기마냥 붙잡고 실컷 퍼마셨는데('적당한'이란 말은 안
들리는 척). 그 희망찬 속설에 매달려 있던 수많은 고주망
태들이 절망의 불구덩이에 우르르 떨어질 생각을 하니 같
이 떨어지는 처지에도 약간 웃깁니다마는…. 하여간 세상
참 야속합니다. 고단한 인생 흥청망청 즐겨보려 했더니만
수명을 한 주먹씩 뜯어가네요. 에휴. 인생 뭐 그런 거죠.
무릇 어른이라면 등가교환의 법칙을 받아들여야겠죠. 짧
게는 며칠에서 길게는 몇 달치의 수명을 기꺼이 날려먹고
취하든가, 지겹고 괴로운 삶을 맑은 정신으로 견뎌내든가.
가끔 쌀 2, 잡곡 8의 비율로 밥을 지어 먹곤 하거든요. 우
연인지 필연인지 모르겠지만, 저의 취한 날과 멀쩡한 날 또
한 2 대 8의 비율로 섞여 있는 것 같습니다. 부디 이 비율
이 이상적인 장수의 비결이라는 연구 결과가 하루빨리 학
계의 정설이 되기를 기원합니다.

초간단 술 빚는 법

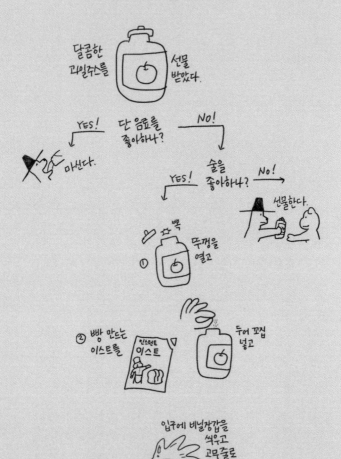

달콤한 과일주스를 선물 받았다.

YES! — 단 음료를 좋아하나? — NO!

마신다.

YES! — 술을 좋아하나? — NO!

선물한다.

① 뻑 뚜껑을 열고

② 빵 만드는 이스트를 인스턴트 이스트 두어 꼬집 넣고

입구에 비닐장갑을 씌우고 고무줄로 대충 밀봉한 후

③ 상온(20℃ ~ 25℃)에
3일 정도 두고

뽀글뽀글
거품을 내며
알코올을 만드는
효모쇼를 구경하자.

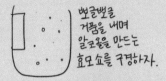

시식

적당한 단맛과 산미
+
약간의 탄산.
맥주 정도의 도수.
냉장고에 넣고 차게 마시면 좋다.

더 높은 도수를 원하면
설탕을 넣고 일주일쯤 더
상온에 두면 된다.

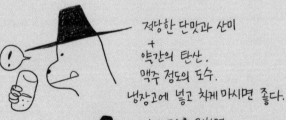

끝, 다시 시작

이 글의 대부분은 동네의 공립도서관에서 작성되었습니다. 꿰보 꿈나무 여러분, 도서관을 애용하십시오. 도서관은 꿰보에게 공짜로 책과 좌석과 콘센트를 내어주는 몇 안 되는 문명의 오아시스입니다. 흠이 있다면 전염병 시국으로 인해 건물 내에서 음식을 먹을 수 없게 됐다는 거죠. 근처 식당에서 밥을 사 먹다가 매일매일 몇천 원 돈을 쓰려니 속이 쓰려서, 작업 5일 차부터는 도시락을 싸 들고 도서관 주변을 맴돌았습니다. 밝고 안전하면서도 사람들의 시선이 차단된, 편하고 청결한 벤치가 있는 공간을 찾아서요. 슬프게도 그렇게 환상적으로 쾌적하고 프라이빗한 무료 개방 장소는 없었습니다. 공원이나 놀이터의 후미진 벤치라도 발견하면 감지덕지였죠. 냉큼 달려가 자리를 잡고 비닐봉투에 넣어온 계란, 치즈, 견과류, 고구마, 콜라비, 아보카도를 꺼내 먹었습니다.

하지만 동네 벤치의 한적함은 살얼음판처럼 불안정한 것

이라, 식사만 시작했다 하면 반드시 행인이 나타났습니다. 어디서 지켜보고 있다가 제가 음식을 입에 넣는 순간 튀어나오기로 작정이라도 한 듯, 끼니마다 그들은 어김없이 등장해서 음식에 오롯이 집중하고자 하는 저를 동요하게 했습니다. 저 저 길바닥에서 뭐 처먹고 앉은 저 상것을 좀 보라지! 하고 삿대질하는 듯한 시선을 던진다거나, 뭘 먹는지 자세히 들여다보다가 잘 안 보이면 가까이 다가와서 뭐 먹냐 왜 길에서 먹냐 맛은 있냐 꼬치꼬치 캐묻는다거나, 거 참 맛있겠다며 입맛을 쩝쩝 다셔서 이건 뭐 한 입 먹여달라는 건지 말라는 건지 고민하게 만드는 행동으로요.

물론 이렇게까지 적극적인 액션을 하는 행인은 1,000명에 두어 명이 될까 말까 합니다. 대부분은 남에게 관심이 없죠. 뭘 먹고 있는 자에게는 더더욱 접근을 꺼립니다. "밥 먹을 땐 개도 안 건드린다"는 속담을 만든 민족답게요. 그러

나 거대한 무관심의 군중 속에 부담스런 호기심과 친밀감
을 품고 다가오려는 인간이 한두 명은 꼭 있기 마련이고,
개중에는 또렷한 악의를 품은 사람도 드물지만 분명히 존
재합니다. 그 희박한 확률만으로도 저는 체할 것 같아서,
다시 한낮의 방랑을 시작했습니다.

보다 평온한 곳을 찾아 도서관 인근의 구석진 땅들을 쥐
잡듯이 뒤졌습니다. 작업 10일 차. 포기하지 않고 부지런
히 발품을 팔면 원하는 부동산을 만나게 된다더니. 마침내
완벽한 공간을 찾아냈습니다. 그곳은 죽은 자들의 안식처,
공동묘지였습니다.

봄

도서관 옆 작은 동산의 양지바른 곳에, 자손이 돌보지 않
는 무덤 십여 기가 모여 있습니다. 통행이 잦은 산책로 가
까이에 있지만 누구도 드나들거나 쳐다보지 않는 절묘한

사각지대. 동산의 샛길을 헤집고 다니다가 우연히 발견했
지요. 묘지 정중앙에 우뚝 선 비석에 등을 기대어 앉으면,
행인으로부터 제 모습을 완전히 감춘 상태에서 느긋하게
밥을 먹을 수 있습니다.

비석 옆에는 코가 날아간 대머리 석상 하나가 서 있습니
다. 이따금 그 석상에게 말을 걸었습니다. 눈앞에 먹던 치
즈와 아보카도를 들어 보이며, 느그 땐 이런 거 없었지?
봄 아보카도 맛이 좋단다! 아니 솔직히 썩 맛있진 않으니
까 혹시라도 환생하면 치즈나 많이 먹어, 근데 그거 알아?
아보카도의 어원이 불알이래 글쎄! 따위의 실없는 소릴
지껄이며 배를 채우곤 했습니다. 이따금 고양이가 다가와
서 봄빛을 쬐며 저를 관찰하다가 기지개를 켜고 제 갈 길
을 갔습니다. 조용히 말벗이 되어준 석상과 고양이와 죽은
자들의 온기 덕분에 조금도 외롭지 않게 식사할 수 있는
이 공동묘지는, 제가 도서관 다음으로 사랑하는 장소가

되었습니다.

여름

모니터만 봐도 구역질이 났습니다. 억지로 쥐어짜낸 문장
들. 죄다 쓰레기 같았습니다. 일평생 하루도 빠짐없이 집
착해온 음식에 대해 이렇게 할 말이 없을 수 있는가. 그럼
요. 늘 없었잖아요. 이렇게 될 줄 몰랐단 말입니까? 말로
는 음식을 사랑한다지만 실제로는 음식 문외한과 전혀 다
를 바 없이 살았잖습니까? 단골 식당 없습니다. 자신 있게
소개할 맛집도 없습니다. 요리 못합니다. 배달음식 안 먹
습니다. 수입이 줄면 식비부터 줄입니다. 미식가 아닙니다.
흙에 버무렸거나 썩은 것만 아니면 맛없는 음식도 대충 먹
습니다. 먹은 게 변변찮으니 지식도 통찰력도 탁월할 리
없습니다.
일전에 한 멋쟁이 감독이 음식 드라마의 기획회의에 저를

부른 적이 있습니다. 음식 만화를 그렸으니 음식 드라마에 써먹을 획기적인 아이디어가 뭐 하나라도 있겠거니 싶었던 모양입니다. 제가 입술만 달싹여도 감독은 "자자자, 조용 조용!" 하고 좌중을 침묵시킨 뒤 반짝이는 눈으로 저를 바라봤고, 엄청난 부담감에 미쳐버린 저는 방귀만도 못한 말을 아무렇게나 내뱉었습니다. "좋아하는 음식… 워낙 많아서 없는 거나 마찬가진데…." "맛집… 모르죠…. 집밖에 잘 안 나가니…." "글쎄요… 제가 원래 맛있는 거 밝히는 사람을 싫어해서…." "음식 맛 묘사에 탐닉하는 거… 솔직히 낯 뜨겁고 추접스럽지 않나요…. 아 대충 씹어 넘겨 그냥…." 비 맞은 개 같은 감독의 표정과 싸늘해진 회의실 분위기. 특히 맞은편에 앉은 분의 눈빛, 아직도 생생히 기억납니다. '쟤 뭔데? 저딴 얘길 왜 듣고 앉아 있어야 돼?' 글을 쓰려고 할 때마다 그분의 이쑤시개 같은 눈빛이 떠올랐습니다. '쟤 뭔데? 저딴 글을 왜 쓰고 앉아 있어?' 한 글자도 쓸 수가 없었습니다.

절망에 잠겨 하염없이 동네를 걸었습니다. 한 달 넘게 발길을 끊었던 도서관을 둘러보고, 옆 동산의 공동묘지에 올랐습니다. 코 없는 석상을 붙들고 하소연이라도 하면 조금이나마 마음이 편해지지 않을까 해서요. 엉?! 그런데 묘지가 통째로 없어졌네요?! 눈 씻고 찾아봐도 무덤의 흔적조차 보이지 않았습니다. 뒤늦게 나타난 자손들이 다 파갔고 갔나? 아뇨. 알고 보니 뜨거운 태양 아래 무성하게 자라난 칡이 묘지 전체를 뒤덮은 것이었습니다. 석상의 근처에도 다가가지 못했네요. 파도처럼 제 앞을 가로막은 칡 넝쿨 때문에. 아무래도 인류가 멸망하면 우리의 부동산은 몽땅 칡한테 먹힐 것 같습니다. 그런 의미에서 지구 최후의 승자는 결국 칡이 아닐까요? 땅에 깊고 단단히 뿌리를 내린 채, 저 오만방자한 인간이 스러질 날을 묵묵히 기다리는. 와! 이제 보니 칡, 세계 최강의 꿔보잖아요? 그 끈기

와 강인함을 본받기 위해 칡즙이라도 짜 먹어야 하나 생
각하며 터덜터덜 산을 내려왔습니다.

가을

마감일이 코앞에 닥쳤고 본격적인 원고 독촉이 시작되었
습니다. 야단났습니다. 쓰레기고 나발이고 일단 뭐든 써서
넘겨야 했습니다. 다시 도서관에 갔습니다. 뭐라도 쓰자,
뭐라도 쓰자. 네 시간 뒤. 문장 세 줄을 쓰고 완전히 탈진
했습니다. 비틀비틀 옆 동산에 올랐습니다. 기세가 한풀
꺾인 칡넝쿨 사이로 무덤과 비석과 석상의 대머리가 보였
습니다. 석상 앞에 철퍼덕 앉아 중얼거렸습니다. "안녕. 잘
지냈니. 난 좆됐단다. 글이 안 써져. 죽고 싶구나. 그나저나
너는 코가 날아갔는데도 참 사람 좋게 웃고 있네. 내 등 뒤
에 누워 있는 놈은 심지어 죽었잖아. 아이고, 내 정신 좀
봐. 뒈진 놈과 코 베인 놈 앞에서 배부른 소릴 잘도 지껄였

네. 알았어. 반성한다. 잔말 말고 글 쓸게. 근데 그거 아니? 이 고구마 진짜 맛있다!"

네. 도시락으로 싸 간 고구마가 꿀맛이었는데 자랑할 데가 없어서 석상에 대고 했지요. 제 자랑을 들은 걸까요? 참새 한 마리가 포로로 날아와 석상의 정수리에 앉더군요. 고구마를 조금 떼어주니 온몸으로 반색하며 화다닥 삼킵니다. 10초도 안 되어 서너 마리가 더 날아왔습니다. 조각 낸 고구마 한 줌을 휙 던져줬습니다. 날개 춤을 마구 추며 뒤엉키는 참새들. 클럽인 줄 알았네요. 다섯 마리, 여섯 마리, 계속 날아듭니다. 어느덧 묘지는 온통 참새 판이 되었고, 저는 노망 난 백설공주처럼 크하하 껄껄껄 웃으면서 사방팔방 고구마를 뿌렸습니다. 식사량은 줄었지만 무척 즐거웠습니다. 참으로 오랜만에, 이 순간을 글로 남겨야겠다는 자발적인 욕구가 생겼거든요. 도서관에 돌아가서 참새와의 만찬을 가볍게 기록했습니다. 이때부터 글쓰기가 조금 편해졌던 것 같아요. 석상 붙잡고 수다 떨듯, 힘을 빼고 아무거나 써보기로 했습니다.

겨울

깜짝 놀랐습니다. 공동묘지 일대에 어지럽게 얽혀 있던 마른 풀이며 잔가지들이 싹 사라졌습니다. 구청에서 밀어버렸나 봐요. 이럴 수가. 그 풀과 잔가지는 행인의 시선을 적절히 막아주며 안락한 분위기를 조성했던 울타리였는데 말입니다.

뻘쭘하게 비석 앞에 앉았습니다. 브라질리언 왁싱을 당한 거시기가 된 기분이었습니다. 아 이거 내 모습이 너무 적나라하게 보이겠는데… 가방에서 콜라비를 꺼냈습니다. 한 입 베어 무는데, 우저적!!! 맙소사. 콜라비 씹는 소리가 이렇게 컸나요? 쩌저적!!! 산책로를 지나가던 할머니가 고개를 번쩍 들었고, 저와 눈이 딱 마주쳤습니다. 할머니는 무덤가에서 큰 소리로 뭔가를 씹어 먹는 저를 수상하게 쳐다보며 느릿느릿 지나갔습니다. 추운 날씨임에도 등짝에서 진땀이 났습니다. 하지만 배가 너무 고팠기에 콜라비를 조심스레 또 한 입 씹었죠. 와자작!!! "어디서 깍두기 씹는 소리가…." 등산객 차림의 중년남녀가 제 쪽을 흘끔거리며 말했습니다. 젠장. 콜라비는 야외에서 혼자 먹을 게 못 되는구나.

편의점에서 산 훈제 닭다리를 꺼냈습니다. 이건 소리가 나지 않겠지. 하지만 강렬한 냄새가 있죠. 얼어붙은 손으로 겨우 비닐 포장을 뜯고 입에 넣으려는데, 웬 개가 혓바닥을 날리며 달려옵니다. 뒤에는 목줄을 쥔 젊은 여자가 헐레벌떡 따라왔고요. "안 돼!" 주인의 강력한 제지로 개는 저에게 닿지 못한 채 휙 물러났지만, 크게 당황한 저는 닭다리를 들고 굳어버렸습니다. 뜻밖의 닭다리 인간을 발견한 개주인도 마찬가지였습니다. 어색한 침묵 속에서 개만 혼자 새우처럼 팔딱였죠. "가자!" 정신을 차린 주인이 서둘러 산책로로 복귀하려 하는데, 순간 엉거주춤 자세를 잡는 개. 아이고. 똥을 누네요. 저는 닭다리를 비닐 포장에 도로 집어넣고 황급히 자리를 떴습니다. 저만의 아지트였던 공동묘지에 이제 작별 인사를 할 때가 된 것 같습니다.

안녕. 그동안 고마웠어, 묘. 마지막 아수라장도… 뭐 그럭저럭 재밌었어.

다시, 봄

도서관입니다. 에필로그를 쓰고 있습니다. 세상에. 이번 생엔 글을 못 끝낼 것 같았는데, 믿기지가 않네요. 가슴이 벅차서 글이 안 나옵니다. 여기까지 쓰고 인스타그램에 들어가서 빵 사진만 두 시간을 구경했습니다. 그러다 배가 고파져서 점심 먹고 왔지요. 네. 그 공동묘지에서요. 비장

하게 작별을 고해놓고 금방 다시 돌아와서 좀 민망하지
만, 역시 저에게는 그만큼 편한 곳이 없더군요. 동산의 한
쪽 구석, 커다란 비석과 코 없는 석상과 벌거숭이 무덤들
이 한결같은 모습으로 제자리를 지키고 있는 어설픈 나의
아지트. 익숙한 비석에 기대앉아 주머니에서 점심을 꺼냈
습니다. 제법 신경 써서 선정한 오늘의 메뉴는 누가 쳐다
볼 때 가장 덜 구차하고 유사시 잽싸게 들고 튈 수 있는 음
식, 에너지 바입니다. 저렴하고 견과류 함량이 높아서 꿔
보 정신에도 부합하고요. 다행히 오늘은 무탈히 식사를
마칠 수 있었습니다. 이제 글을 마무리 짓고 집에 돌아가
면 공동묘지에서의 마지막 식사는 에너지 바로 기억되겠
지요.

글쎄요. 어쩐지 이번에도 마지막이 아닐 거라는 예감이 듭
니다. 글을 쓰며 느꼈죠. 1) 폭식을 하든 절식을 하든 육식
을 하든 채식을 하든, 어떤 상황에서든 나는 음식의 노예

신세를 벗어나지 못하겠구나. 밥숟가락 들 힘만 있어도 아주 그냥 징글징글하게 먹이 타령을 하겠구나. 2) 글쓰기란 생각보다 훨씬 고통스럽고 시간을 많이 잡아먹는 일이로구나. 하지만 가장 저렴한 도구로 가장 적은 근력을 들여 할 수 있는 창작 활동. 대단히 꿔보적이지 아니한가. 3) 도서관 짱. 공동묘지 짱. 이불 밖 세상에 이보다 더 꿔보에게 친절한 공간은 있을 수 없어.

따라서 저는 이곳을 쉽게 떠날 수 없을 것입니다. 언제고 다시 돌아와 비석 앞에 앉아서, 빨리 뭐라도 써야 하는데 왜 이렇게 게으르고 재능이 없을까, 허구헌 날 이렇게 실용성이라고는 쥐뿔도 없는 감정 과잉의 글만 써서 어떻게 먹고 살까, 하고 수치심과 열등감과 자학으로 점철된 넋두리를 코 없는 석상에게 늘어놓으며 계란·고구마·아보카도·견과류 따위를 주섬주섬 꺼내 먹을 것입니다. 아주 가끔 크림빵과 막걸리를 사 먹고 짜릿한 문명의 쾌락에 황송

해하면서요.

쓰고 보니 이만하면 엄청 복 받은 인생이네요. 가능하면 오래도록 그랬으면 좋겠습니다.

∧∧∧ㅇㄹ

나의 먹이
ⓒ 들개이빨

초판 1쇄 인쇄	2022년 3월 17일
초판 1쇄 발행	2022년 3월 24일
지은이	들개이빨
편집인	배윤영
디자인	백주영
마케팅	정민호 이숙재 김도윤 한민아 정진아 이가을 우상욱 박지영 정유선
브랜딩	함유지 함근아 김희숙 정승민
제작	강신은 김동욱 임현식
펴낸곳	(주)문학동네
펴낸이	김소영
출판등록	1993년 10월 22일 제 2003-000045호
임프린트	콜라주
주소	10881 경기도 파주시 회동길 210
문의전화	031) 955-2696(마케팅), 031) 955-1933(편집)
팩스	031) 955-8855
전자우편	collage@munhak.com
ISBN	978-89-546-8555-9 03810

www.munhak.com